願成青鳥伴你飛翔

超棒眼——著

目次
CONTENTS

楔子

「從前從前，在某個聖誕夜裡，一位老婆婆為了使重病的女兒恢復健康，委託了一對小兄妹替她找尋青鳥。兄妹倆歷盡千辛萬苦，最終仍沒能找到。次日早晨，老婆婆為生病的女兒來收取聖誕禮物，妹妹只好將心愛的鴿子送給了她，沒想到，此時鴿子卻化為了一隻青鳥，而老婆婆女兒的病竟也痊癒了。」

朦朧的記憶中，說故事的女人嗓音溫婉如玉，熟悉無比的童話故事在她唇齒間流瀉，宛如靜靜流淌的清流，為女孩的心靈帶來平靜。

女人闔上手中的書本，信手將它擱到床頭櫃上，「今天的睡前故事說完了，我們家的寶貝喜歡這個故事嗎？」將房內的大燈關掉，徒留泛著昏黃光芒的小夜燈，她側身坐回了床沿，纖長卻有些粗糙的手指寵溺地順了順女孩的髮絲。

「喜歡！」原本剩下一顆頭露出棉被外的女孩伸出雙手興奮地揮舞著，「不過媽咪，就算沒有青鳥，我有媽咪、爸比、還有阿嬤，我已經是全世界最幸福的人了！」

女人愣了愣，隨即嘴角漾開了笑意，她俯身將女孩摟入懷中，「好，媽咪保證，會讓妳永遠都是幸福快樂的小公主。」

「那妳要說到做到喔，打勾勾！」

「嗯，打勾勾。」

彼此伸出的手指貼合在一塊兒，因為施力而有些凹陷的指腹，是誓言的證明，也是烙印在女孩心上的瑰麗想像。

第一章　是結束抑或開始

不是所有的結束，都能夠迎來新的開始。

「啊啊——終於迎來畢業後的暑假了。」

豪邁地將剉冰送入口中，坐在我身旁的倪子晴感慨地說著，「想到不久前還整天寫題目、考模考，就讓我不禁起雞皮疙瘩。」

「講得那麼誇張，真不知道我們之中考得最好的人是誰啊？」

離學校有段距離的甜品店，是我與死黨下課時常聚在一起的地方。

這間甜品店雖然小了點，裝潢也十分樸素，但是夏天賣剉冰、冬天賣甜湯與燒仙草，不僅用料實在，品項多又美味，一年四季都是我們聚會的首選。

而今天，我們亦打算在這個充滿回憶的地方，為高中生活畫上完美的句點。

面前擺著碗紅豆牛奶冰與季節限定的芒果冰，我們三人圍坐在小圓桌邊。

沒有否認自己考得好這件事，嘴裡咬著湯匙，子晴聳了聳肩，「話是這麼說，但至少我是拚了老命地在苦讀好嗎？妳也不想想，當妳在打瞌睡時我在幹嘛？」

聽到她所說的話，我感到一陣羞赧，一把將放在兩人間的剉冰移到自己面前，「那都幾時的事了？忘掉、忘掉！再講下去我就自己把整碗冰吃光！」

「什麼啊？好奸詐！」她嘖了一聲，作勢搶回芒果冰。

「喂，妳們等等要是搶到整碗冰倒了，我可不會分妳們吃喔。」葉尹修蹙眉說道，「而且場地也要妳們倆自己收拾善後，別給老闆添麻煩。」默默吃了口冰，他又補了句。

「薄情郎啊！」手指著尹修，子晴故作感嘆地搖了搖頭。

「好啦，幼稚欸妳，別再鬧了。」我被她那副搞笑的模樣給逗笑了，對她做了個鬼臉後，便乖乖將冰推回兩人之間。

「話說回來，要說考得好還該遭白眼的，應該是余紀瑤那種人吧？」子晴鏟起了一匙冰，轉了轉那雙靈動的大眼，「學測前還整天看到她跟男友到處去玩的打卡動態，真不知道她是什麼時候讀書的？竟然可以考到滿級分，扯！」

「天縱英明吧？」

「這也就算了，剛才還聽到她說暑假要全家去智利玩呢。」支手撐頷，她又嘟著嘴接續道：「羨慕、嫉妒、恨！」

「妳管人家那麼多幹嘛？妳跟她也沒差多少吧？」尹修笑嘆，「對了，說到暑假，妳們這段期間有什麼計畫嗎？」他緩緩舀了匙綴著滿滿紅豆及煉乳的冰，塑料湯匙在冰屑裡穿梭的聲音沙沙作響。雖然今天的天氣並不特別地熱，但這樣的聲音在夏天聽起來，依舊相當舒心。

「不知道呢，應該是去親戚家開的店打打工，偶爾和家人出去玩吧？和以前一樣啊，沒什麼特別的。」說完，她將一大塊芒果送進口中，露出了幸福的表情，「好吃！」

見她瞇起雙眼，誇張地揮舞著手中湯匙，我不禁噗哧一笑。

「倪子晴，妳真的很髒欸！都甩到我臉上了啦！」尹修破口大罵，一邊伸手用力抹去濺到頰上的糖水。看見他生氣的模樣，我趕忙止住笑意，抽了張面紙向他遞去。尹修接過面紙後向我道了聲謝，還不忘蹬了眼在一旁幸災樂禍的子晴。

「我的話，應該會去醫院做志工吧？」

牆角的電風扇無死角地轉動著，陣陣吹來的涼風讓人好不涼快。碗裡的剉冰已經開始慢慢化成了冰糖水，芒果塊在碗裡載浮載沉，我小心翼翼地撈起還未融化的冰屑，「爸爸說他們的櫃臺小姐最近手不太舒服，需要有人幫忙整理病歷。」

「是喔，那不錯啊。」尹修衝著我笑了笑，「我的話，應該會去駕訓班吧？等我拿到駕照，就讓我來開車，三個人一起出去玩吧。」

「太好了，雙手贊成！」

「你可不要危險駕駛喔。」

「什麼啊？那麼看不起我。」

整間甜品店內只有我們這桌客人，三人的嘻笑聲為店裡增添了不少生氣。

回顧這三年來的時光，高一的懵懂、高二的年少輕狂、高三的學測壓力步步進逼與成績出爐的悲喜交織，我何其有幸能擁有這幾個朋友，在這笑中帶淚的青春歲月中伴我前行。

笑語聲中，我凝睇著好友們的笑顏，在心中如是想道。

*

老式掛鐘在六點半時敲了一下，清脆的聲響這才讓聊到不知天南地北的我們發現天色已從溫暖的橘紅色漸變為冷色調的深藍。

付完錢後，子晴在店門口向我們揮手道別，還不忘提醒暑假依舊用群組保持聯絡。

坐在位子上等著去洗手間的尹修回來，我望向面前那還有約莫半碗的糖水。再度拿起塑料湯匙，我舀了匙糖水放進口中，甜膩過頭的味道在口中散開，不再冰涼的液體順著喉嚨緩緩流下。

「好甜。」我悻悻然地放下湯匙，不再去動那碗美味不再的糖水。

少了客人的甜品店寂靜異常，就像早先的一切都只是假象一樣，空氣中徒留電扇轉動的聲音。

是不是哪怕再微小的幸福，最終都將化做令人不願再嘗一口的遺憾？

「苡孟，走啦！」

尹修的呼喚讓我回過神來，我趕緊抓起書包，朝門口跑去。

＊

我和尹修並肩走在路上，隨著車輪的轉動，腳踏車的鐵鏈發出了規律的答答聲。

甜品店離我家有段距離，因此每次聚會結束，尹修都會陪我一塊兒走回家，接著再自己騎腳踏車離開。

至於為什麼不直接給葉尹修載，這就是為什麼我吐槽他不要危險駕駛的原因了。

一路上我們有一搭沒一搭地聊著，很快便走到了我家門口。將腳踏車靠在牆邊，尹修高挑的身子倚著車身，目送我走上門口的階梯。

沒有立刻進門，我回過頭來，只見路燈將他的影子拉得長長的。燈光下的他微微一笑，示意我趕快進去。愣愣地望著他的笑容，我突然很想問他一件事。

右手緊攥著側背包的背帶，「喂，葉尹修。」我小聲開口。

「嗯？」

「都快離家到臺北生活了，你還是沒打算讓你爸媽知道……你跟顧德明的事嗎？」

尹修驀地微怔，似是對我的詢問感到訝異，片刻後，他的嘴角沁出了淡淡的苦意。

「還是先別讓他們知道吧。」他扯了扯嘴角，「他們總歸是不會接受的，不管我有沒有出外讀書，都不會有太大的影響吧？」

「可是——」

「沒什麼可是啦，苡孟。」他朝我走過來，大手覆在我的頭上，「每個人的生活，都有它的難處吧？」

沒等我回話，尹修逕自跨上腳踏車，大有阻止我繼續說下去的意思，「那我先走囉，暑假見啦。」向我揮了揮手，他的身影很快便消失在我的視線中。

「每個人的生活，都有它的難處吧？」

那抹苦澀的笑容讓我不忍再去回想，卻又同時深深烙印在我的腦海裡。

嘆了口氣，我扭開門把走入家中。

*

和葉尹修真正熟絡起來是高一下學期的事。

雖然課業不是頂尖，但憑著小聰明總能只念一下書便取得不錯的成績。高挑的身形、立體的五官、陽光的性格再加上體育課時靈活的身手，這樣的葉尹修不僅使許多女生為之瘋狂，在男生之間也具有相高的人氣。一般而言，這種風雲人物與我這種沒太大存在感的小平凡是勾不著邊的，可好巧不巧，我發現了他的祕密。

高一下的某個週末，因為忘記將週一要交的作業帶回家，我只好趕緊搭車前往學校。

氣喘吁吁地爬到了四樓，正要扭開門把走進教室的我突然發現教室內的窗臺邊有兩抹人影——因為沒開燈又逆光的緣故，我看不清楚他們的臉龐。

竟然有人高一就那麼用功，在假日到校自習嗎？我一邊思忖，一邊扭開了門把。

而我萬萬沒想到的是，就在扭開門把的那剎那，那兩人就這樣親了下去。

王苡孟，妳也來得太不是時候了吧？

正當我打算趕緊撤退、不要打擾時，面前的門已經不爭氣地大大打開，不遠處的兩人在聽到開門的聲響後立刻分了開來。我尷尬地站在門口，沉默蔓延在我們三人之間。門打到牆壁又反彈了回來，清脆的聲響像是在提醒我做了什麼好事，讓我頓時只想挖個地洞鑽進去。

「嘖。」

其中一名男子率先回過神來，重重推開了面前那人，低著頭快速越過我跑了出去，被留下的那人則依舊坐在窗臺上，沒有動作。

「我只是來拿作業的。抱歉啊，打擾你們了。」

窗簾都被拉上了，教室內顯得有些昏暗，只有那人背後的窗子是開著的，藍色的格紋窗簾間或隨風飄動，透出些許光芒。灰塵粒子在空氣中迴旋、上下浮動，在陽光的照射下閃爍著炫目的光。

慢慢適應教室內有些昏暗的光線後，我這才發現，窗臺上那人是葉尹修。

聽到我的道歉，他既沒有回話也沒有生氣的跡象，只是用複雜的眼神看著我。被他盯得有些不自在，我垂首躲避他似是帶著審視意味的目光，朝自己的座位走去，打算拿完作業後趕緊回家。

「妳也未免表現得太明顯了吧？」

低沉卻又好聽的嗓音傳入耳中，我不禁為之一顫。停下了拿作業的動作，我不解地望向聲音的來處，「你指什麼？」

「講話結巴、走路同手同腳、刻意迴避的視線。」坐在窗臺上，葉尹修身後緩緩隨風拂動的窗簾讓陽光透了進來，「看見兩個男的接吻什麼的，果然很噁心吧？」他自嘲地說著，明明是開玩笑的語調，卻令我感到既揪心又生氣。

「我倒認為，擅自揣測別人的想法才讓人覺得噁心吧？」

忍不住放下了手中的作業本，我越過一排排課桌椅朝他走去，「沒錯，我是講話結巴、同手同腳又迴避你的視線，但那是因為你直盯著我看，再加上我對打斷別人親熱這件事感到尷尬而已。」

直勾勾地望進他的雙眸，我的語氣不由自主地強硬了起來。儘管與他並不熟識，一股無以名狀的衝動仍舊驅使著我繼續對他說出自己的想法，「在我看來你們就只是兩個互相喜歡的人而已，有什麼好噁心的？」

一股腦兒地說完後，只見窗臺上的他雙唇微張，愣怔地瞪大雙眼瞅著我，好半晌後，才笑著說：「哈哈，妳真是個怪人。」

「啊？」我眨了眨眼，對他的反應感到意外，但見他笑了開來，便也沒有繼續糾結的打算，故作不滿地說：「你才奇怪吧？忽然間沒頭沒腦地笑個什麼？」

沒有回覆我的調侃，俐落地跳下窗臺，他朝我伸出手，露出了發自內心的笑容，「不如這樣吧，我們，做個朋友？」逆光中，他說。

「什麼結論啊？」我啞然失笑，卻也毫不猶豫地伸出了手，「這樣看起來，果然你才是怪人吧？」

「彼此彼此囉。」

「彼此彼此。」

事到如今，我早已忘卻忘了帶回家的作業是哪一科，但我始終記得，那名對我伸出手的男孩，笑容是多麼地燦爛，靜默了瞬間光源。

「苡孟，吃飯囉！」

自樓下傳來的呼喊聲打斷了我的思緒，原本躺在床上的我趕忙起身，打開門應了聲後便快步走下樓去。

還未走近廚房，飯菜的香味便撲鼻而來。進了廚房，看到阿嬤忙進忙出的身影，我趕緊上前協助將最後幾道菜端上餐桌。

「唉唷，別忙了！趕緊洗手吃飯，菜涼了就不好吃了。」阿嬤擺擺手驅趕我，一口臺語充滿了濃濃的鄉土味。

「嗯，阿嬤妳也趕快來吃喔。」

小的時候，我的臺語並不是很流利，但為了和只會講臺語又不識字的阿嬤溝通，只得不斷嘗試，時間久了，不知不覺便能順暢地與阿嬤溝通了。

我們祖孫倆坐在餐桌旁一起吃著香噴噴的飯菜。見我將盤中的大蒜一個個挑起並夾到一旁，阿嬤忍不住叨唸道：「妳喔，不要那麼挑嘴啦！這樣以後出外讀書怎麼辦？」

「知道啦。」我將翠綠的花椰菜送入口中，笑答道。

笑笑地扒了一口飯，阿嬤也沒再說話。狹小的空間中漸漸只剩下碗筷的碰撞聲與電視節目的聲音，一陣沉默瀰漫在我們之中。

就像平時一樣。

捧起碗來喝了口湯，鮮甜滾燙的貢丸湯順著我的食道流下，溫暖了脾胃，我渾身都熱了起來。一邊喝湯，我一邊瞅著阿嬤的臉龐——她正專注地看著電視節目，偶爾隨著節目的進行笑出聲來或碎念幾句。

不知不覺中，阿嬤好像又老了不少。是因為之前準備考試，每天都草草吃完飯回房間讀書，又每天早早出門才沒注意到的緣故嗎？

白花花的頭髮、皺紋滿佈的臉龐以及雙手、日漸嚴重的駝背……

我的心不禁微微一緊。

平常不會特別注意的瑣事，在象徵著不久後將離家的高中畢業這一天，突然變得越發鮮明。

是該說點什麼吧？

我張嘴欲說些什麼，卻發現無從開口，愣了好陣子，只能像以往說句無關緊要的話：「阿嬤，碗我來洗，妳先去休息吧。」

「好啊，我的孫女真乖、真孝順。」阿嬤笑著說完，駝著背朝客廳緩步走去。

吃飽飯後，我默默收拾起餐桌，將剩菜放到櫥櫃中——爸爸今天大概又很晚回家了——將碗筷放到洗碗槽清洗，不知不覺視線就模糊了起來。

等我離開家了，誰會陪阿嬤吃飯？

等我下次回到家了，我和阿嬤會不會變得更無話可說？

眼淚像斷了線的珍珠不斷滴進洗碗槽中，我感覺無助和恐懼正將自己慢慢吞噬。

一直以來，我總是不知道，也不曾過問阿嬤那滿臉時光刻痕背後的故事。從最初的課業繁忙無暇聊天，到了後來演變為不知從何開口，害怕她會覺得奇怪。即便知道阿嬤很愛我，而我也很愛阿嬤，但我們之間卻漸漸少了言語的溫度。

我這才發現，隨著時光的流逝，我們已不再熟悉。

再過幾個月，我就要離家到另一個城市上大學了，一直以來不願面對的問題再度籠罩住我的心，讓我喘不過氣。

迅速將洗完的碗盤放入烘碗機中，像是要將滿溢的情緒拋在後頭，我頭也不回地往房間跑去。

第二章　以你為名的光芒

那幅水彩畫雋刻在我的腦海中，成為了那年盛夏，最絢爛的一幅光景。

今天是到醫院做志工的第一天，快速地用完早餐後，我便整裝前往醫院的地下一樓。

放射腫瘤科的櫃臺小姐被喚作敏珠姐。前些日子，敏珠姐不小心在搬重物時傷到了手，在右手被層層繃帶緊緊包裹的情況下，做起許多事來都不是很方便，也因此這段時間閒來無事的我便來這裡替她暫時處理些雜務。

打了聲招呼並稍作寒暄後，敏珠姐帶我來到了櫃臺不遠處的小房間。房間裡邊被數個高大的櫃子圍了一圈，她走向其中一個櫃子並將鎖打開，指著裡面的文件夾說：「之後就麻煩妳先將這些文件按尾數分開了。這事不是太急，偶爾還會有其他志工幫忙，妳可以慢慢來沒關係。累的話就去休息，喝口水或到處晃晃。整理完這櫃後妳再通知我幫妳開另一櫃。等所有櫃子都整理完後就可以開始無紙化的掃描工作啦。」將事情交代完後，敏珠姐拍了拍我的肩，說了聲「那我先回去工作囉，有問題再叫我或傳訊息給我」後便朝門口走去。然而還沒走到門口，她驀地又回過頭來補了句：「對了，作為害妳暑假沒能好好出去玩的補償，這個給妳。」

她將掛在胸前的鑰匙串解了一支下來，往我這一拋。我趕忙接過，滿臉不解地望向她。

「別告訴別人喔，不然會被罵的。」眨了下眼，她將食指抵在唇上，做出了噤聲的動作。見狀，我慎重地點了點頭。

「我不能多透漏些什麼，只能告訴妳，身處高處，往往可以看到不一樣的美景。」語畢，她又對我眨了眨眼，接著不待我進一步詢問便離開了。

看著面前滿佈在高聳木櫃中的病歷，我頓感頭疼，來不及細想那把鑰匙的用處，便開始動身工作。

*

過了許久，我這才將整櫃的文件整理完畢。一直仰頭與伸手的我此刻只感到疲勞無比，正巧也到了午餐時間，便打算趁著吃午餐的同時稍作休息。

將手伸進口袋，我掏出手機準備通知敏珠姐一聲——

「啊。」一把鑰匙從口袋掉了出來，落在地上的瞬間發出了響亮的聲音。

是敏珠姐給我的那把鑰匙。

蹲下身拾起鑰匙，我將它放在掌心中仔細端詳。

方才因為專心工作的緣故無暇思考，此刻，我不禁開始感到好奇——

這會是哪兒的鑰匙呢？

在腦海中反覆揣測，我一邊傳訊息給敏珠姐，回報工作進度之餘也告知她我要去吃飯並試試這把鑰匙。她回傳一個ＯＫ的貼圖，對我的工作效率大大讚賞，說剩下的明天再處理也沒關係。

將手機放回口袋，我繼續猜想。

說是高處，那也許是天臺或空中花園之類的吧？

心想著若真是如此的話，乾脆就到那一面用餐，一面欣賞美景，我草草買了簡便的午餐，搭著電梯來到了頂樓。

正當我繞了15樓一圈，尋思著自己是否搞錯方向時，我猛地注意到前方有扇和牆壁一樣顏色的鐵門，上面貼著張寫著「非請勿入」的護貝紙。

不會就是這裡了吧？

門上的字樣和想要找尋祕密景點的好奇心讓我陷入天人交戰。

若真是危險或嚴禁踏入的地方，這把鑰匙也開不了吧？

就試這一次吧。我下定決心。

捏著鑰匙，我的手心沁出汗水，喉嚨因為緊張的情緒與罪惡感而有些乾澀。吞了口口水，在確認附近沒人後，我眼睛一閉，插入鑰匙、轉開，一氣呵成。

咦？真是這裡？

清脆的開鎖聲使我為之一振，我不可置信地推了推門板。門緩緩打開，許是鏽蝕的緣故，發出了點刺耳的聲響。

鐵門後頭是明亮的樓梯間，向下望去可以看見轉角處擺了個寫著「停用」的警示牌。往上一看，樓梯盡頭則是另一扇鐵門。

小心翼翼地將門帶上後，我拾級而上，輕輕轉開門把。就在打開門的那瞬間，我的視野突然開闊了起來——

回過神來，我正佇立在天臺上，映入眼簾的是整個城市的風景。因為天氣極佳的緣故，甚至可以看到遠處和地平線接壤的蔚藍大海。邁開腳步走向玻璃護欄，我輕倚在上頭，雙手撐著臉頰，享受徐風的吹拂。將視線投向地面，所有的事物全都化做模型似的，一切都變得異常渺小，讓我忍不住輕笑出聲。

片刻後，我走到不遠處的椅子坐下——天臺的中間種了棵大樹，圍繞著這棵樹的則是張木製的樹圍椅——樹蔭下，我眺望著風景，悠閒地吃起了午餐。

御飯糰和紅茶很快便進入胃中。平時有午睡習慣的我在微風的吹拂以及暖陽的照射下只覺一陣睡意襲來，忍不住打了個哈欠。

天氣那麼溫暖，應該不會著涼，不如在這小睡一下吧？

闔上雙眼，在自葉隙間灑落的細碎暖陽下，我沉沉睡去。

*

「起來！」

朦朧之中，一道好聽的聲音傳入耳中，我皺了皺眉，沒有理會。

「喂，我說起來啊！快點，我有事問妳！」這次不僅是噪音攻勢，聲音的主人還用力地搖起我的肩膀。

「好嘛，起來了啦。什麼事啊？那麼著急……」語帶不耐地揉了揉眼睛，我緩緩睜開迷濛的雙眼。映入眼簾的是張陌生的臉孔。

嗯？陌生的臉孔？

雙眸圓睜，我頓時嚇出一身冷汗，從椅子上直直跳起，食指顫抖地指著來人——

「你、你是誰啊？怎麼會出現在這裡？這裡不是禁止進入嗎？」

這裡可是天臺啊，總不會是從天而降吧？甩了甩頭，我趕緊抹去浮現在腦海中的荒謬想法。

還是說，是發現我偷跑上來，所以來這趕人的？我在心中暗叫不妙。

「嘖，這是我要問的問題吧？妳是怎麼進來的？偷跑上來的嗎？」那人煩躁地撓撓髮絲，接二連三地拋出的疑問令我無法招架。

「我、我是……」尷尬一笑，我在腦海中努力組織言語。

怎麼辦？絕不能害敏珠姐因為我被罵啊！

樹影斑駁，葉子因為微風的吹拂沙沙作響，他整個身子幾乎都籠罩在樹影底下，只有間或自葉片間灑落的陽光在他身上閃爍晃動。

見我支支吾吾，久久沒有回答，他嘆了口氣，竟在我身旁坐了下來，「看來妳是偷跑上來的，沒錯吧？」他說。

不敢回話，我緊抿下唇，死死低下頭。第一天就給敏珠姐添麻煩了，等等該如何交代呢？

身旁那人沒有說話，沉默就這樣蔓延在我們之間。尷尬與緊張充斥於心，我緊握著手，感受到指甲深深扎入手心。

就在我忍不住，打算開口說些什麼的時候——

「噗哧——」他用手背抵著嘴唇，身子似是因忍俊不住而輕輕顫抖著。

意料之外的反應讓我詫異地轉過頭來，許是感受到我的目光，他側過身，傾身向前，一雙深黑色的眸子直直望進我的眼中。意識到彼此之間僅隔著短短幾公分的距離，我的雙頰頓感燥熱起來，「你、你幹嘛？」吞了口口水，我下意識地往後挪了挪身子。

「妳緊張個什麼啊？」他促狹地勾起嘴角，「放心吧，我也是偷跑上來的。既然妳我都是偷溜上來的，我們就是愉快的共犯啦。」語畢，他將身子靠回木椅上，手枕著頭一臉壞笑地看著我，像是對我一下驚嚇一下緊張的反應感到有趣。

我愣了幾秒，「咦？那你是怎麼上來的？」

「和妳一樣，自有方法囉。」他聳肩。話題就這樣戛然而止，我們彼此間都沒再說些什麼，就這樣隔著一小段距離坐著。過沒幾秒，他像是突然想到什麼地從身旁拿出一袋東西。

「以前沒見過妳，妳第一次上來？」他一面將袋中的東西拿出來，一面開啟了話題。定睛一看，我才發現那是一個飯盒。

「是啊，我是剛才才知道有這樣的地方。」我點了點頭，「聽起來，你很常上來這兒啊？」

他慢條斯理地打開飯盒，蒸氣伴隨香氣冉冉上升。我偷瞄了眼菜色，看起來是很精緻的日式手作便當。

「嗯，這裡是我的祕密景點。」那人夾起雞蛋捲放入口中，噙著笑又接著說：「心情好的時候我來這裡，看看雲、吹吹風，有時唱唱歌，偶爾也玩玩攝影。」

雖然不是什麼深入的話題，我仍舊有些訝異他會對一個剛認識的人提及這些。

他又吃了口翠綠的青菜，黝黑的雙眼望向遠方，「心情不好的時候我也會來這裡，看著遼闊的風景，心情好像也跟著開闊了起來。」

我凝視著他的側臉，直挺的鼻梁、端正的五官、白皙而不死白的膚色，被風吹起的髮絲襯托出他好看的臉龐，一雙深邃的黑眸因為太陽的照射而閃爍著光芒。

「不知不覺自以為是地講太多了。」他不好意思地對我吐舌，「不過，妳也覺得這裡挺不錯的吧？」

他望向我，像是炫耀完自己寶物後期待他人肯定的孩子，瞳孔中閃爍著單純興奮的光彩。

「嗯，這裡真的很棒。」我由衷地對他笑道。

「那真是太好了。」

他的眼睛笑瞇起來，微微露出的虎牙讓他看起來像隻慵懶的黑貓。氣氛不再那麼緊張，我指著飯盒試著挑起話題，「說起來，那個便當是你女朋友做的？」

他頓了頓，咬著白色環保筷反問：「為什麼這麼問？」

「我瞎猜的。」撓了撓臉頰，我接著說：「菜色那麼精緻，我只是感到佩服和有些好奇而已，如果你不想說的話——」

「是我做的。」

「啊？」不敢置信地張大嘴，我眨了眨眼。

「懷疑啊？」他斜睨了我一眼，挑眉道：「覺得我是男生，做出這種東西很讓人意外？妳這算不算是性別歧視啊？」

「不、只是，你也太厲害了吧？」再看了眼飯盒中精緻的菜色，我忍不住驚呼。

「還行吧，勉強上得了檯面。」他勾起唇角，說：「家裡的人比較忙，偶爾沒空幫我準備食物時就得自己處理，久而久之，自然就學會囉。」說著，他夾起塊藍帶豬排，酥脆金黃的外皮包裹著夾著火腿的豬里肌，起司從切邊流出，看起來十分美味。

咕嚕——

中午只吃了御飯糰的我摀著肚子，尷尬的緋紅爬上雙頰。

「妳沒吃午餐？」

「剛才好歹還是吃了個御飯糰。」我乾笑。

他瞅著我，幾秒鐘後，「吶，給妳嚐嚐。」他夾起另一塊豬排。

「不用啦，這樣多不好意思。」即便這塊豬排看起來十分美味，我仍舊搖了搖手。

「妳有口水癖？」

「呃，是沒有，但——」

「那不就沒問題了？」說著，他手一伸，我連剩下的「我們還不熟啊」都沒來得及說完，豬排便塞進了我口中，被塞得滿嘴食物的我只能愣怔地望著他。見我遲遲沒有反應，他噙著笑問：「好吃吧？」

聽聞此，我這才回神咀嚼口中的食物。一咬下去，香濃的起司伴隨鮮甜的肉汁在口中綻放，厚度剛好的酥脆外皮、不過老的里肌肉——

「好吃，太好吃了！」我忍不住掩嘴驚呼。總覺得，好像能體會子晴吃到芒果時誇張的反應了。

「哪那麼誇張？」他笑著搔了搔頭，陽光灑落在他的臉上，「妳這樣反倒讓我不好意思了起來。」

他讓我想起水晶。

而那抹陽光則彷若他身後的射燈，將澄澈的他襯得更加璀璨動人。

「噗哧——看妳吃得那麼開心，不介意的話就給妳吃吧。」

望向遞到眼前的飯盒，大概是他方才和我一面說話一面吃的緣故，我發現飯盒裡的食物只少了一些，「你的好意我心領了，不過這是你的午餐吧？」我尷尬地對他呵呵笑了幾聲，「哪有自己做了便當還餓肚子的道理？我好歹也吃了個御飯糰，沒吃飽什麼的就當減肥吧。」

「行啦，別說了。」他將飯盒硬是塞進我手中，「反正我還有這個。」說著，他又從身旁拿出了一個保鮮盒。

「天啊！」我張大嘴，驚訝地指著那盒甜點，「莫非這也是你做的？」

透明的塑膠盒裡面放著兩個檸檬塔、一個巧克力塔和一個抹茶塔。

「嗯，不錯吧？」

「豈止是不錯？都可以嫁了！」見他大口咬下檸檬塔，我又問：「做了那麼多，莫非你很喜歡吃甜點？」

「對呀，我超愛吃甜點的。啊，既然檸檬塔有兩個，另一個就給妳嚐嚐吧。」嘴角沾了檸檬餡，他將另一個檸檬塔遞給我，笑瞇了眼，「下次記得請我吃點好吃的就好。」

「欸？愛計較。」接過小而圓的檸檬塔，清新的香氣竄入鼻腔，鵝黃色的檸檬餡綴飾著檸檬皮屑，看起來精緻可口，我一口咬下，「這……真是你做的？」

「是我做的啊，怎麼？太好吃了？」

不，挺難吃的，難吃到我很難相信這和方才那可口的便當是出自同一人之手。

看著他的笑容，差點脫口而出的話被吞回肚中，「是還不錯啦。」我乾笑，「不過有點太酸，下次可以改用萊姆看看。除此之外塔皮有點軟掉，在裝餡前上層薄薄的白巧克力會比較好。」

傷到他了嗎？我以為提出建議會比直說難吃好些的……見他只是低著頭沒有說話，我焦慮地想，「改善後肯定會很好吃的，真的！」

「緊張什麼？我只是在把妳的建議記在腦海中罷了。」他對我笑了笑，末了，又喪氣地垮下肩膀，「唉，明明最愛吃的是甜點，怎麼就是怎麼都做不好呢？」

「抱歉，是我太沒分寸了，你好心分我吃我卻——」

「別在意，其實我也知道自己做的不好，況且有批評才有進步啊。」他聳肩，「不過聽妳的建議，難不成妳會做甜點？」

我愣住了。剎那間，他的身影與記憶中那人重疊起來。像冰冷的潮水向我襲來，回憶讓我無處可逃——

「妳會做甜點啊？」

記憶中，穿著白淨制服的男孩一臉驚喜地望著我。陽光灑在走廊上，他手裡捧著裝著甜點的盒子，盒裡七彩的馬卡龍恰似當時繽紛又甜蜜的時光。他明燦的笑容、緋紅的雙頰，我想我永遠也忘不了。

「喂，妳怎麼愣住了？身體不舒服嗎？不會是吃我做的甜點吃壞肚子了吧？」驚慌的叫喚聲將我拉回現實，我抿唇搖頭，努力勾起嘴角，「沒什麼，只是想起些事。」

想起了曾經的你，想起了曾經的自己，想起了曾經的我們。那個被陽光染成金黃的走廊，甜蜜的相視而笑，你的眉宇、你的臉龐、你微笑時嘴角上揚的弧度，你的所有，全都歷歷在目。

回憶這種東西，大抵像是被鎖在木盒裡的彩色彈珠，你把鑰匙丟了，將它藏在櫃子裡，久了，好像也就忘了它曾經色彩斑斕的樣子。

就在某個午後，你意外發現了它。

捧著盒子的雙手因為記憶的餘溫而顫抖，老舊的木盒落在地上支解開來，彩色的彈珠喀啦喀啦地滾落，每一個聲響都敲在你的心頭，每一絲透過它們折射出來的光都絢爛得令你屏息。

回憶總是在你沒有注意，以為早已淡忘時，用一種讓你窒息的模樣狠狠撞進你的思緒。

我又吃了一口檸檬塔。

好酸。

酸澀的滋味在嘴裡擴散開來，伴隨著濃濃的酸楚溢到眼角，我趕忙用手背抹了抹。身旁的他小聲地說了聲抱歉後便貼心地別開了視線。有好片刻我們都沒有交談，他默默地吃著巧克力塔，而我則靜待記憶的潮水退去。

情緒平復後，我朝他歉然一笑，「抱歉啊，嚇到你了吧？因為一句話而哭出來什麼的。」

「笑得真醜。」他瞥了我一眼，淡淡地說。沒反駁他，我將最後一口檸檬塔塞入口中。

「我的確會做甜點，但那是以前的事了。」望向頭頂上被微風吹拂得沙沙作響的樹葉，以及被揉碎於葉隙間的藍天，「現在的我，已經沒有做甜點的理由，也不想再做了。」

我不知道他的目光是否停留在我身上，也不知道現在的自己究竟是什麼表情。我努力勾起嘴角，卻感覺到嘴邊的肌肉僵硬不受控制。

「不想笑就別笑了吧。」一隻手輕輕覆在我的頭頂，他的手指穿過我的髮絲，動作溫柔地揉了揉。

一股莫名的安心感將心中的波動悉數撫平，像是寒冬中的熱可可——稱不上特別，卻總能在你最需要時溫暖你的心房。他沒再說些什麼，就只是一次次輕撫著我的頭，指尖充滿安定人心的力量。

「謝謝。」

「謝什麼？」他用指節輕敲我的額頭，「再這樣下去便當都要涼了，閉上妳的嘴繼續吃飯，暴殄天物的傢伙。」

「啊，對吼。」我趕緊扒了幾口便當。

*

幾分鐘後，我終於把便當吃完了。

「多謝款待。」雙手合十，我故作嚴肅的神情令他忍俊不禁。

「別忘了之後有機會就輪妳請客啦。啊，妳可別因為這樣就不再上來囉。」

「呿，才不會呢。」

對話進行到一半，口袋裡的震動引起了我的注意，我掏出了手機一看，是爸爸。

「今晚我會回去吃飯，幫我跟妳阿嬤說一聲。」僅只是一封簡短的訊息便足以讓我的嘴角忍不住上揚。

「什麼事這麼開心？」身旁的他好奇地挑眉。

「祕密。」起身，我將手機放回口袋，說：「那我先下去啦。」

難得爸爸早點回來吃飯，再整理些病歷後就趕緊回家吧。想著，我快步走到門口，將手放到門把上，回過頭，對他微微一笑，「雖然已經說過了，但還是再說一次。謝謝你。」接著，我扭開門把，向下延伸的樓梯映入眼簾。

「喂。」當我正準備跨進樓梯間時，他出聲喚了我。順著聲音的來處回頭，午後的暖陽灑進我的眼中，讓我忍不住瞇起雙眼。

我突然想起了水彩畫。

空曠的天臺上，站立著的他衣襬隨風微微擺動。像是某種流淌的溫暖介質，陽光將他的身影暈染在青空之中，他深黑色的髮絲是最為濃墨重彩的一筆。

「我叫莊儀程，妳呢？」

他笑了，笑得燦爛如陽。

盛夏的微風自身後吹來，我將頰邊飄揚的髮絲塞至耳後，對他粲然一笑，「我叫王苡孟，很高興認識你。」

那時的我怎麼也沒想到，那一幅水彩畫，就這樣雋刻在我的腦海中，成為了那年盛夏，最絢爛的一幅光景。

*

「阿嬤，妳怎麼準備那麼多？不要讓自己太累啦。」

今晚的飯桌上相較平時的簡樸擺滿了豐盛的菜餚——有我愛吃的番茄炒蛋、炒高麗菜，以及爸爸愛吃的紅燒牛，除此之外，還有幾道看起來十分可口的家常菜。

「唉，擔心什麼？這不也才久久一次，妳爸今天難得早早回來，當然要準備得澎湃一點。」她的笑容深陷在嘴邊的皺紋裡。

我還來不及說些什麼，不遠處就傳來了開門的聲音，有些疲倦的嗓音在門邊響起——

「媽，我回來了。」

「唉呀，回來啦？快去洗把臉，馬上就可以吃飯啦。」

*

電視聲和碗筷的碰撞聲在我們之間迴盪，間或夾雜著我們的交談聲。

「第一天幫忙還習慣嗎？」爸爸問。為了讓阿嬤能夠參與對話，我們倆在家中大多用臺語交談。

「還行吧，工作挺輕鬆的。」

「記住，妳是去幫忙的，可別反倒給人家添麻煩。」

「咳咳——」被剛入口的熱湯嗆到，我趕緊拍了拍胸口，「爸，你說什麼啊？我才沒那麼笨手笨腳。」事實上你女兒今天還真差點給人添了麻煩。我心虛地暗忖。

「唉呀，慢慢吃，別嗆著了。」阿嬤拍撫著我的背。

怕被他看出異狀，我試著轉移話題，「是說，爸，你今天怎麼那麼早回來啊？」我一邊說，一邊吃了口番茄炒蛋。番茄的鮮甜味和蛋香讓我接連扒了好幾口飯。

爸放下了碗筷，用紙巾擦了下嘴角，「說到這個，因為工作時間調整，之後我應該不會再每天那麼晚回來，可以常和妳們一起吃飯了。」

「真的喔？真好、真好。」

「爸，你怎麼這樣啦？都等我快上大學了才調整工作時間，這樣就算你天天回來吃飯，我們三個能一起吃飯的時間也剩不多啦。」我忿忿地用筷子戳著飯粒。

「那妳以後多回來不就好了？」爸說，「不，妳以後給我每週回來，不要在外面亂來喔。」

聽聞此，我忍不住翻了個白眼，「你怎麼這樣說你女兒啦？」原只是無奈的反駁加上絲撒嬌的意味，爸卻將碗筷重重放到桌上，撞擊的聲響讓我全身一凜。

「我有胡說嗎？當初妳因為那件事難過成那樣，難道妳還想再重來一次嗎？」

「我——」咬緊下唇，好心情頓時煙消雲散，「算了，看在你之後能多陪陪阿嬤的份上，不跟你計較了。」不知怎麼反駁，我低下頭繼續吃飯。飯菜變得索然無味，空氣頓時凝重起來。我和爸都不再說話，阿嬤看著有些緊張，卻也不知該說些什麼。

「我吃飽先上樓了。」

久違地全家一起吃頓飯，最後竟落得這般不歡而散的下場。向著自己的房間走去，我只感到一股難以言喻的情緒在胃裡翻騰。

＊

叩叩——

門外傳來沉沉的敲門聲，我趕忙應聲：「是阿嬤嗎？怎麼了？」

「苡孟，是我。」

我愣怔地扭開門把，只見穿著睡衣的爸爸站在門口。

雖然不太諒解他早先說的話，但方才我的態度畢竟也不是太好，只得有些不自在地囁嚅道：「爸，有什麼事嗎？」

「苡孟啊，抱歉，剛才是爸爸沒有注意用詞，讓妳感到不舒服了。」

「咦？」我不可置信地瞪大雙眼，愣了幾秒後才終於回過神來，「爸，你幹嘛？今天怪怪的。」

大概是遺傳吧？爸和我的脾氣都有點衝，常常一不小心就吵了起來，而臉皮也都挺薄的我們幾乎很少向對方道歉，往往是冷戰個幾天後自然而然就好了起來。

「沒什麼。」他笑了笑，鵝黃色的室內光線打在他的臉上，看起來蒼老了許多，「爸爸也不是故意要提起那件事，只是擔心妳出外讀書後，萬一像上次遇到不開心的事情，在外面卻沒人知道該怎麼辦？」

「爸……」我望向他，登時有股暖流流過心底，「放心啦，子晴跟尹修都跟我上同一所大學，有他們陪我，你不用擔心。而且就算你不說，我也會每週回家啊。不回來陪陪阿嬤，誰知道你會不會又忙到食言，讓她一個人在家。」我雙手環胸，噘起嘴說。

「這樣就好。那妳早點睡吧。」爸笑著說完，轉身正要往他的房間走去。

「爸。」看著他離去的背影，我下意識開口喊住了他。聽到我的聲音，走到了自己房門前的他停下腳步，回過頭問：「怎麼了？」

我們就這樣佇立在走廊的兩端。低著頭，我看著燈光在我腳下投影出的影子，在腦海中反覆組織著言語，「你……為什麼調動了工作時間？這樣有更多的時間在家，沒關係嗎？」我小心翼翼地開口。沉默蔓延在我們之間，徒留掛鐘秒針滴答滴答地走著。

過了片刻，爸才開口：「是時候了吧？再怎麼樣，日子還是該過下去的。」他的聲音聽起來有點沙啞，「而且妳阿嬤也老了，是該多陪陪她了。」

我沒說話，只是看著爸爸轉過身去握住了門把。

「苡孟啊，這段期間是爸爸對不起妳們祖孫倆。但是我想清楚了，之後我們一家三口好好生活吧。」他的背影看起來寂寥單薄，語氣中卻帶著苦澀的堅定，「早點睡吧，晚安。」他推開房門，走了進去。在房門慢慢闔上的空檔，我清楚地看見爸的床頭上仍舊掛著那張略為泛黃的老照片。

那是爸和媽的結婚照。

門關上的聲音在長廊上迴盪。我光著腳丫踩在大理石地板上，突然感到有些冰冷。望著爸爸關上的房門好一會兒，我才轉身走回自己的房間。把門帶上、關燈，我將自己狠狠地摔進被褥中，深吸口氣。

爸說要好好把日子過下去，但他真的能夠放下嗎？

他所說的一家三口好好生活，曾是我嚮往已久的夢想藍圖，如今真要實現了，我的心中卻沒有一絲踏實感。

幸福這種東西，我真的能夠再次擁有嗎？

皎潔的月光從窗簾縫隙中透了進來，我翻了個身，將手背覆在眼皮上，嘆了口氣。

看來，今晚又要失眠了。

第三章　如果我們再相遇

我這才發現，有些事情儘管事過境遷，卻沒能如煙。

唧唧的蟬鳴與燠熱的空氣詔示著仲夏的來臨。戴著耳機，流瀉的音樂聲中，我步伐輕快地走在人來人往的街道上。

因為工作效率良好的關係，敏珠姐堅持讓我放一天的假。聽到這個消息的我很是吃驚，「敏珠姐，這樣不好吧？我才剛來幾天，而且還有幾櫃沒有整理……」

「唉唷，妳都不知道另外幾個幫忙的小夥子有多混。妳光是來三天就抵過他們一個禮拜的工作量了。」敏珠姐爽快地說，「妳每天搬著文件爬上爬下，總得適時休息一下，萬一受傷可就不好了。」

在她的再三堅持下我便也不再拒絕她的好意，決定利用這一天的時間好好享受暑假時光。

踏入書店，濃郁的咖啡香撲鼻而來。這是間位在市區黃金地段的書店，同時也是間咖啡廳。人們常在買完書後到一旁位置坐下，一邊啜飲一邊閱讀，在這兒消磨整個下午的時光。

在書店中來回穿梭，結完帳後，我點了杯熱拿鐵到窗邊坐下，開始沉浸在文字的世界裡。

*

隨著時光流逝，擱在一旁的拿鐵已經失去了溫度，幾近見底。就在我快將手裡的書看完時，意料之外的熟悉嗓音自身後響起——

「苡孟？」

那瞬間，我屏住呼吸，停止了翻頁的動作，沒有回頭。想裝得若無其事，幾近掐爛書頁邊緣的手指卻顫抖著出賣了我。

我這才發現，有些事情儘管事過境遷，卻沒能如煙。

「真的是妳啊。」隔壁的座位被拉了開來，椅腳和地板的摩擦聲讓我感到暈眩。那人在我身旁坐了下來，我無法思考。

見我沒有回話，他也不再開口，如泥沼般窒悶的沉默恣意擴散。我的視線仍舊落在書頁上，卻怎麼也無法聚焦。

我該說些什麼？該做出什麼反應？

逃跑？哭喊？把剩下的拿鐵潑在他身上？

最終，我沒有選擇任何一項，只是轉過頭來，對他僵硬一笑，「好久不見，羅以廷。」

僅只是普通的問候，都像是要耗盡所有的勇氣。

「嗯，好久不見，妳……最近過得好嗎？」

「妳最近過得好嗎？」

充滿歉意的問候像條粗棉繩般緊緊綑綁住我，我無法動彈，只能束手無策地任由它刺痛著我，最終鮮血淋漓。

「還行吧，謝謝你的關心。如果你不介意的話，我有事先離開了，你慢慢坐。」起身，我將書本胡亂塞進包包，一心只想離開這裡。

「對不起。」

意料之外的道歉將我的雙腳牢牢黏在地上。邁不開腳步，我吐了口氣，緊攥著衣角，「你指什麼？」

「所有的一切。」

「你難道不覺得現在說這些已經太遲了嗎？」

「我知道，但我還是希望我們可以重新開始。」

重新開始？原來你也知道我們之間早已結束了啊？

「有這個必要嗎？」我低下頭，笑得苦澀，「都和她在一起了，還要我這個替代品做什麼？」我望進他的雙眼，淒然一笑，「別再打擾我的生活了，你這樣讓我很困擾。」

「我跟她分手很久了。」

正當我準備再次邁開腳步時，他悠悠開口：「是當時的我太傻，才誤把妳當作她的替代品。我花了很長的時間才明白，我所喜歡的她不是真實的她，但我喜歡的妳，始終是真正的妳。」

「我……」

「妳不是誰的替代品，苡孟，從來就不是。我知道我傷害了妳，也知道我活該錯過了該珍惜的人。」說著，他斂下眼簾，「本來我也沒想再打擾妳的意思，直到後來發現我們上了同一所大學，今天又在這與妳重逢，所以我覺得，自己該鼓起勇氣再追妳一次。」

「你在說什麼？我聽不懂。」胡亂將眼角的濕熱抹去，我清楚聽見自己的聲音正隱隱顫抖，「就此打住吧，我真的得走了，再講下去就要吵到看書的人了。」咬住乾澀的下唇，我艱難地邁開步伐。

「那……我們可以至少先當朋友嗎？」哀求的語調讓我心一緊，我彷彿再次看到那個滿臉淚水、苦苦哀求著他留下的自己。

「我不知道，真的不知道。有機會再說吧，再見。」語畢，我奪門而出，徒留馬克杯中走味的咖啡，以及早已在記憶中褪了色的羅以廷。

*

口袋傳來陣陣震動與短促而密集的提示聲，我熟練掏出手機，滑開螢幕。果不其然，這麼頻繁的訊息來自子晴、尹修還有我的三人群組——

「老天！王苡孟妳給我交代清楚喔！妳說妳遇到了那混蛋，然後他還說了什麼要重新追妳的屁話？」

「嘖，他是嫌上次被揍得還不夠嗎？竟然敢再跑出來？」

「對啦，一定是因為這樣！苡孟，妳把那傢伙再約出來一次，這次讓尹修把他揍得連他媽媽都認不出來！」

噗哧一笑，看著他們倆傳來的訊息，我心底感到一陣溫暖。

「喂，已讀2，王苡孟妳不要給我已讀不回喔！」子晴立馬又補了句。

「知道啦，謝謝你們的關心。雖然我的確有被嚇到，不過現在已經沒事啦。就是跟你們說一下，不然被你們發現我沒說又要唸我了。」

這句話有一半是事實。現在的我，倒也不真的沒事，應該說就算有事也不知道該怎麼辦，所幸講一半就好。

「訊息響個沒完，看來妳挺夯的啊？」甫回完訊息，調侃的笑語聲便傳入耳中。

「哪裡夯啦？黑白講。」我斜睨了眼向我走來的莊儀程，將群組通知暫時關掉後把手機放回口袋中。

這陣子，我養成了上天臺吃午飯的習慣，偶爾在上面碰見莊儀程，便與他一起分享天臺上的美景，有一搭沒一搭地聊著。當然，我也時常掠奪他自製的美味便當或是評點他的「暗黑系甜點」。也因此他製作甜點的技術還沒進步，我們倆倒是先成了不錯的朋友。

「吶，給妳的。」在我身旁坐了下來，他將手中的飯盒遞給我。

這就是我昨天離開前他特意叫我不要買午餐的原因嗎？打開飯盒，氤氳上升的香氣讓我忍不住口水直流。紅醬與魚肉片、鮮蝦、蛤蠣等海鮮交織出鮮甜的香氣，麵條看起來軟硬適中，上面還灑了些起司粉。

「你怎麼突然給我做了份吃的？」我開心地夾起麵條送入口中。

「唔——好吃！」手摀著塞滿食物的嘴巴，我感到驚豔地張大眼。

「每次都被妳搶便當，不如直接給妳做一份。」他攤手，一臉無奈。

「喂，不想分我吃就直說啊。」方才的感動蕩然無存，我用力擰了下他的腿，「而且我明明說過可以買便當請你吃的，是你自己不要，難伺候。」惡狠狠地瞪了他一眼，我賭氣般地夾起了麵條，毫無氣質地將麵條吸入口中，任由醬汁噴濺到嘴邊。

可惡，除了甜點，他做的東西怎麼都那麼好吃啊？

「開個玩笑嘛。別那麼愛計較，嗯？」拿筷子偷戳了下我的臉，見我作勢打他，莊儀程一臉壞笑地拿出自己的飯盒擋在身前，「喂，別衝動，妳打我的話可能會弄翻我的飯盒喔。」

「嘖，不跟你玩了，幼稚。」扭頭，我剝起飯盒中的蝦子，臭著臉沒幾秒又忍不住疑惑地問：「說起來，為什麼是番茄海鮮義大利麵？你知道我喜歡吃這個？」我記得自己並沒說過啊？難道只是巧合？

「不，我猜的。因為妳喜歡吃番茄和海鮮啊。」

「等等，你怎麼知道我喜歡吃番茄和海鮮？」我輔以看變態的表情用筷子指著他。

「妳也不想想自己幾乎每天都吃誰做的午餐？要知道妳喜歡吃什麼還不容易嗎？」他啞然失笑，「雖然妳每次吃都會有『唔——』的反應，但吃到番茄和海鮮就會是『唔嗯！』」令人起雞皮疙瘩的模仿令我緊握拳頭，努力克制想要掄他一拳的衝動。

「啊，對了，還有玉米筍。」他咬著筷子，得意洋洋地補充道。

「也沒那麼明顯吧？」我突然覺得有些毛骨悚然。

「也許不是真的多明顯，但這麼說吧，我自認挺擅長觀察人的。」說著，他將魚肉塊放入口中。

叮咚——

還沒來得及回話，口袋中的手機又傳來了震動，我有些狐疑地拿出了手機——剛剛不是把群組通知給關掉了嗎？會是什麼？

點開螢幕，上面顯示著一則交友邀請，我瞬間屏住呼吸。

是羅以廷。

盯著那則通知，我久久沒有動作，直到螢幕又暗了下來才回過神，將手機放到一旁，繼續捧起飯盒一口口慢慢吃著。

「不回訊息？」莊儀程瞥了我一眼，我搖了搖頭，說：「不是訊息。」

「那是？」

「沒什麼，不是什麼重要的東西。」胃口盡失，我將飯盒放到了一旁。屈起雙腿，整個人縮在椅子上。涼風吹亂了我的頭髮與思緒，本讓我感到平靜的樹葉摩娑聲，此刻竟令我有些煩躁。

「真的？」

我的身子一凜，「你什麼意思？」

「字面上的意思。」他將身子靠向椅背，望向我的黑眸似深不見底的寧靜海洋，「一臉快哭出來的表情，怎麼看都不像是沒事。」

我頓時覺得自己好赤裸，像是所有被攤在他面前一樣，「你是白癡嗎？怎麼就這樣說出來啊？還說自己很會觀察人，分明就遲鈍死了。」不甘心地咬緊下唇，我仰頭不讓淚水落下。

「不說出來的話，就無從安慰起妳啦。」嘴角勾起抹無奈的笑容，他用食指指節輕敲我的腦袋，「真不想說就別說出來。只是想讓妳知道，我很閒，想說什麼我都洗耳恭聽。」

「莊儀程……」

「再說了，天臺上很空曠，妳可以盡情哭出來沒有關係。」他的言語將我勉強止住的淚水又逼到了眼角，視線因此模糊了起來。我用手背胡亂抹了抹眼角，死死咬著下唇，吸了吸鼻子，試圖將淚水吞回去。於此同時，一隻拿著面紙的手進入了我的視線，「拿去。」

我愣愣地抬頭望向他。見狀，他不禁失笑，「還是用這個吧，手背是吸不了水的。」

「嗚……」盈眶的淚水再也無法忍住，我粗魯地一把搶過他手中的面紙，嘶啞著埋怨道：「煩死了，你這樣要我怎麼忍住啊？」

「抱歉。」他拍了拍我的頭，「做為賠償，妳就盡情地哭吧，我會陪著妳的。」

溫柔的笑容與話語刺激著我的淚腺。天臺上，我終於忍不住痛哭出聲。

＊

「給妳，補充點水分吧。」

「謝謝。」接過他從樓下買來的礦泉水，好不容易止住了哭泣的我扭開瓶蓋，仰頭灌了一大口水。

「感覺好點了嗎？」

「嗯。」

「那就好。」

對話就此打住，好陣子我們倆都沒再說話。將臉埋進屈起的雙腿間，片刻後，我輕吐了口氣，用細如蚊蚋的沙啞聲開口道：「我……遇到了那個讓我不再做甜點的原因。」

身旁的莊儀程頓了頓，「嗯。」

「我跟他是在高中同學，他是我的初戀。」在他鼓勵的眼神中，我緩緩將那些本不願再回想起的回憶化為言語。

「他在趕去打球的途中撞到了我。因為跌了一跤，我的腳扭傷了。」我有些自嘲地勾起嘴角，「現在想想還真像少女漫畫的情節呢。在那之後他送我去了保健室，不同班的我們也是因為那次意外認識的。」

我始終記得那個下午，斜陽化做的光帶穿透初秋的空氣。光影投射在長廊上，隨著窗外搖曳的枝頭靜靜流淌。保健室的窗子沒有關上，微涼的風將窗簾緩緩吹起，像波浪般徐徐擺動。逆光中，陽光為他的身子滾上了金邊，他黑色髮絲被染成帶點金黃的色彩。

「在那之後他常藉口探望來班上找我。明明只是扭傷而已，他難道都不覺得這個藉口很蠢嗎？」我輕笑出聲，隨即斂下眼簾，「不過，為此而感到開心不已的我，大概也是個笨蛋吧。」

「因為他的積極，我們很快便走在一起。在那之後，一切都美好得不真實。」

兩人在走廊上打鬧嬉笑的身影、籃球比賽時為他遞上的礦泉水與毛巾、翹課時在圍牆上向我伸出的溫暖大手、收到手作甜點時那驚訝又喜悅的表情、溫暖得讓人想哭的厚實擁抱。所有過往的美好回憶都像是淺海區的粼粼波光，絢爛得令人屏息。

自她離開之後，我的世界彷彿停滯在梅雨季前夕，灰濛濛的天空不曾散去，沉重的空氣不曾清新。在那陰鬱的歲月裡，羅以廷就像一道落雷，夾帶著滿滿璀璨的光闖進了我的世界，用初夏晶瑩的雨水洗淨了昏暗的天空，清新了令人窒息的空氣。

他給了我溫暖、給了我承諾，讓我再次相信，自己能夠重新擁有幸福。

「說起來，就是因為他喜歡吃甜食，我才會變得那麼熱衷於做甜點呢。」我有些懷念地仰起頭來。「人們都說沉浸在幸福裡的人往往看不清虛實，這點在我身上剛好可以得到印證。我只顧著享受溫暖，沒能發現一直以來他凝望著的始終不是我——我只是碰巧和他記憶中的身影長得有點像罷了。」

「也因此當那個女孩再次出現的時候，他向我提出了分手。不論我怎麼哭著求他留下，他最終都還是離開了。」

「在認知到自己一直以來小心翼翼珍惜著的幸福只是假象的那一刻，我的世界彷彿崩毀了。」

「『是不是我不夠好？』、『為什麼要丟下我？』我在內心不斷問著自己，就這樣過了段渾渾噩噩的日子。笑容變少了，甜點也不再做了，回想起來可真是讓家人和朋友操了不少心啊。」

尹修和子晴自然不用說，但就連當時還有些疏離的爸爸都發現了這件事，在訓了我幾句後，給了蜷縮在沙發上泣不成聲的我一個彆扭的擁抱。

「雖說將心力投注到升學考試後漸漸地也就麻木了，但是再次遇見他，果然還是……很害怕啊。」

他的出現就像是在提醒著我，幸福是多麼地容易抽離，而我又是多麼地脆弱。那種痛苦與絕望，我不想，也不願再感受了。

我故作灑脫，僵硬地扯起嘴角，「說完了，就只是個普通的失戀故事而已。你應該覺得為了這種小事那麼難過的我很蠢吧？」撓了撓嘴角，一股腦兒地說完後，我這才感到有些不好意思了起來，「不過，說出來後感覺也舒爽多了。謝謝你啊。」

不是逃避而是直面回憶，在那之後還是第一次。痛楚仍在，但恍惚間竟有種有什麼不一樣了的錯覺。

身旁的他沒有立刻回話，半晌後才輕聲道：「不，我理解。」

他的語氣很淡，簡短的語句像是隨時會被吹散在風中。

意料之外的回應令我微微一愣。側過身來，只見他的眼底混雜著令人難以辨明的情緒。我猜不透那雙闃黑的眸子為何看起來如此哀傷，卻也同時沒由來地深信著那句「我理解」是他的肺腑之言。

絞著手指，我斟酌著欲說些什麼：「莊——」

「不過，妳不再逃避，而是將它好好說出來了，做得很棒。」沒有給我一絲插話的空隙，他逕自說著，揉了揉我的髮絲。一陣溫暖流過心底，我低著頭訥訥開口：「唔，謝——」

叮咚——

道謝的話甫到嘴邊，口袋又傳來了一聲鈴響，我的身子猛地僵住。見此，莊儀程輕拍了下我的後腦杓，「拿出來吧，妳總不可能一輩子不看手機吧？」有些戲謔的話語裡隱隱藏著鼓勵。

「說得也是……」我嚥了口口水，掏出手機。

「放心吧，妳要是再哭的話，我這裡還有幾包面紙。」

「別講得好像我很愛哭一樣。」羞赧地脹紅了臉，我一掌打向他的上臂，滑開了螢幕。

一則請求接收的訊息映入眼簾。果不其然，是羅以廷。

我死盯著螢幕，緊抿下唇，不知道該按下「接受」還是「拒絕」。見我遲遲沒有動作，莊儀程向我伸出了手。

「幹嘛？」

「妳覺得是幹嘛？」他努了努嘴，做出了招手的動作，「把手機給我。」

「呃，可以是可以啦，不過你要我的手機做什麼？」訥訥問道。儘管有些疑問與戒備，我仍舊將手機放到他的掌心。

「看下去就知道了。」

他沒有正面回覆，接過手機後，十分乾脆俐落地按下了「拒絕」。見狀，我忍不住驚呼出聲，作勢搶回手機，「喂，你做什——」

「噓——」他將食指抵在我的唇上，讓我猛地一顫，忘了反應，「急什麼？還沒完呢。乖，繼續看著。」說著，他像安撫小狗般揉亂了我的頭髮，惹來我一陣怪叫，接著又低下頭，點進通訊錄迅速地輸了串號碼並按下通話鍵。

「喂，你打給——」

話沒說完，節奏輕快的音樂倏地便流淌在我們之間。我愣住，只見莊儀程笑著掏出口袋中的手機對我晃了晃。定睛一看，只見來電通知的下方顯示著我的電話號碼。沒待我反應過來，他將自己的手機放到一旁，用我的手機掛斷電話後，將自己的手機號碼加入了我的聯絡人中。

「這下妳拿到我的電話號碼啦。」得意地笑瞇了眼，他又接著說：「不是每次他出現時我都會和妳待在一塊兒，這種時候，妳就打給我吧。」他望向我的眼眸裡彷彿有一道光華流轉。

「雖然不能隨時為妳遞上面紙，但至少我可以和妳聊聊，生活瑣事啊、幹話啊，什麼都好，我可以喋喋不休地和妳聊一大堆東西，讓妳沒有時間再想起他。」

聽著他所說的話，我的眼眶又濕潤了起來。想要說些什麼，卻彷彿有硬物卡在喉頭一般，遲遲說不出話來。一股無以名狀的情緒在心中緩緩膨脹，讓我覺得暖融融的。

「謝謝。」好片刻後我才小聲地說。

「謝什麼？愛哭鬼。」莊儀程故作無奈地扯了扯嘴角，「不過，做為酬勞，無聊的時候妳也陪我打發時間吧。事先說好，我可是會三不五時地騷擾妳，騷擾到妳都害怕的地步喔。」說著，他用手指彈了下我的額頭。

「那我就封鎖你。」

「妳才不會。」

「會。」

「不會。」

「就是會。」

彼此僵持不下地瞪著對方，像是幼稚的小孩在玩誰先笑誰就輸的遊戲一樣。

「噗哧——」看他故作嚴肅的神情還有皺在一塊兒的五官，我終於忍俊不住，「好啦，不會啦。」

「幼稚。」他嗤了一聲，隨後也跟著笑了起來。

笑鬧夠了之後，肚子開始餓了的我再度拿起放在一旁的飯盒，夾起麵條放入口中。雖然已經沒了剛打開飯盒時的香氣四溢，但餐點的美味依然不減。午後的陽光灑落在我們身上，讓我感覺暖烘烘的。

所謂平凡的幸福，大概也包含著這樣的畫面吧？

能認識他，真好。

我覷了眼莊儀程的側臉，如是想道。

*

那天晚上，我就接到了莊儀程的電話。

將身子靠向床頭，我喬了個舒服的姿勢後接起電話，劈頭便聽見莊儀程問：「今天的麵還合妳口味吧？」

「當然啊。吃的時候不就跟你說過了？」我輕笑出聲。回想起今天的午餐，我彷彿又聞到了番茄的酸甜還有海鮮的鮮甜味，肚子好像也跟著餓了起來。

「是嗎？那就好。」

「我說啊，你這麼晚打電話過來不會就只為了問這個早就知道答案的問題吧？」在床上半跪起身，我偏首將手機夾在肩膀和耳朵之間，打開了窗戶，「讓我猜猜，你該不會是有什麼其他想說的，但又不知從何開口吧？」

夏日的夜晚蟬聲唧唧，有時還能夠聽見蛙鳴聲在後院迴盪。因為地處光害較少的住宅區的緣故，抬頭望去，可以看見萬里無雲的夜空中綴著幾顆星子。

「喂，就這樣毫不猶豫地戳破我，妳有沒有良心啊？」他忍不住失笑，聲音在聽筒裡和著些雜訊，「下午還嫌我遲鈍。半斤八兩。」

「謝謝誇獎。」一手擱在窗框上，一手拿著隱隱發熱的手機，我語帶戲謔地回話：「所以呢？你想說些什麼？」

沒有回覆我的調侃，電話那頭沉靜了片刻，我依稀能自聽筒中聽見他沉靜的吐息。

沉默蔓延在我們之間，直到我欲開口打破他才再一次出聲：「王苡孟。」不知道是音質的緣故還是因為久未開口，他的聲音聽起來有些沙啞。

「嗯，我在聽。」闔上雙眼，我感受著仲夏晚風的吹拂，等待他接著說下去。

「這些話本來應該下午就告訴妳的，但被他打斷了。本打算之後見面再說，但想了想還是今天比較適合。」

「我只是想告訴妳，妳已經做得很棒了。」

他的話像匹柔軟的綢緞撫過心房，讓我不禁微怔。

「即便受了傷，妳仍願意面對過去並試著邁出腳步。我認為這樣的人，是值得幸福的。」

「我知道妳還是會害怕，但是，一步步踏出去的話，總有一天，妳一定能再次跑起來的。」

「我相信妳。」

我感到眼角倏地一陣濕熱，「謝謝。」吸了吸鼻子，我用指尖輕輕拭去眼角沁出的淚滴。

謝謝你，願意相信我。

謝謝你，願意給我勇氣。

「不是說自己不愛哭嗎？怎麼？妳又哭啦？」頓了頓，他語帶笑意地揶揄我。

可惡，竟然被聽出來了。吸了吸鼻子，我胡亂找了個藉口，「才不是，我只是有點著涼。」

「這樣啊？保重。」這一次，他沒有戳破我，只是不置可否地輕笑了聲，結束了這個話題。

「那就先這樣啦，該講的都講完了。我明天還得早起，預祝妳有個好夢。」

聽到他準備要掛電話，我下意識地出聲制止——

「等一下！」

「嗯？」我這才發現他的聲音很有磁性，在發出單音時尤其明顯。絞著手指，我感覺到自己的心跳慢慢地快了起來。

「我……」我聽見自己的聲音正微微顫抖著。深吸口氣，我一鼓作氣地將懷揣在心底的話語說出：

「很高興認識你！」

電話那頭愣了一下，然後噗哧一聲笑了出來，「我也是，很高興認識妳。」他語帶笑意，讓我不禁有些怦然。胸口的躁動快要鼓到了腦袋，我的雙頰無法克制地熱了起來。

「晚安。」

「嗯，晚安。」

按下結束通話後，房間瞬間復歸寧靜。我倒回床上，握著手機的右手手背掩在微閉的眼簾上。沒多久，手機傳來一陣震動。懶洋洋地張開雙眼，打開手機螢幕，映入眼簾的是莊儀程傳來的訊息。

「說起來，平時妳都是在中午時上來，大概沒看過傍晚時天臺上的風景吧？」

「這張是今天傍晚從天臺上看到的夕陽，我特別跑回家拿相機拍的。」

「希望明天的妳，心情能夠像這張照片一樣美麗。」

「剛才拿這個當話題不就好了嗎？」我忍不住哂笑。點進對話視窗，附在句子後的是一張日落的照片。那張照片看起來是用單眼相機拍的，我這才想起他曾說他偶爾會在天臺上玩攝影。

畫面中，整個城市都沐浴在餘暉的彩霞裡，遠處的海平面在夕陽的暈染下閃爍著凜凜波光。天邊酡紅如醉，聚集在一起的雲彩被夕陽的光輝描繪出溫暖的色彩，絲絲浮雲被細細勾勒出金光的毛邊，像是幅讓人屏息的水墨畫。

我的手指在照片上來回摩娑，「好美。」再多的言語都無法形容我此刻的讚嘆。

打算下一次再討教他如何拍出這樣的照片，我回了他一個謝謝的貼圖後便關上了手機螢幕。黑色的螢幕上反射出我的倒影，我這才發覺，自己的嘴角揚起了抹淺淺的笑容。

今晚想必會有個好夢吧？

將自己緊緊裹在棉被裡，微笑中，我安然入夢。

第四章　勇敢卻又不勇敢

在能夠坦然面對之前，就先做個不勇敢卻又勇敢的人吧。

「莊儀程。」

「幹嘛？」

「陪我去剪頭髮。」

「啊？」

「這是命令，不准拒絕。」

「什麼跟什麼？」

「那就這樣，一點醫院門口見，掰掰。」

「喂，王——」

*

靠在牆邊，我低頭滑著手機。汗水在脖子上形成一層透明的薄膜，不時順著頸部曲線向下滑落。我一面撩起身後的長髮胡亂將汗珠抹去，一面拉了拉領口無謂地扇著風。

大概是氣候異常的緣故，今年夏天的開端並不特別熱，反而是介於舒適和溫暖之間。然而就在眾人們慶幸著這樣美麗的意外時，熱暑就這樣猝不及防地撞了個滿懷，像是喝醉酒開著車衝進你家的醉漢，你想要他離開，他卻癱倒在那兒，還不忘給你留下駭人的滿目瘡痍——原本讓人欣喜的氣溫就在震耳欲聾的唧唧蟬鳴中一路竄升至了夏日的最高峰。

熱死了，那傢伙怎麼還沒來？

今天一大早，我便打了通電話給莊儀程，逕自對明顯還睡意朦朧的他丟下了不容拒絕的約定。

正午的太陽毒辣地肆虐著，暑氣蒸騰，地面熱得彷彿可以煎蛋。急促的蟬鳴令提早到而正等待著他的我感到越發煩躁。就在我終於受不了，打算傳訊息問他在哪裡的時候，一道陰影籠罩在我身上。

「低頭族，都出門了還只會滑手機。」

聞聲，我抬頭一看，只見莊儀程站在我面前，雙手插在口袋，對我勾起嘴角。

「嗨，我應該沒遲到吧？」

＊

並肩走在前往理髮院的路上，我們倆有一搭沒一搭地聊著。

「那麼早打電話過來，妳也真沒良心。」莊儀程伸了個懶腰，打了個呵欠後埋怨道：「我本來還打算睡到自然醒的。」

「抱歉啦。下定決心後，一個衝動忍不住就打給你了啊。」撓了撓臉頰，回想起他帶著滿滿睡意的回覆，我有些不好意思地乾笑起來，「再說了，大家不都說『早睡早起，有益健康』嗎？」

「是、是，妳說得對。」莊儀程語帶敷衍地笑嘆出聲，「不過，妳一講完就掛了電話，在那之後訊息還都不讀不回，難道就不怕我這段時間其實有事嗎？」

「不怕啊。你昨晚不是說過你今天一整天都很閒，還問我有什麼推薦你做的事？」說著，我衝他粲然一笑，「這麼快就忘記了，你是老人家喔？」

見我得意洋洋的神情，他嘶了一聲，懊惱地抓了抓自己的頭髮，「啊啊——真是失策。」

「嘿嘿。」

「不過，這麼說也不對啊。既然如此，妳還講得那麼急幹嘛？一點反應的時間都沒留給我。」走了幾步後，他才不解地蹙眉又問。

「唔，這個嘛，說了你可別笑我喔。」

「那就要看妳的回答是什麼了。」他聳肩，不置可否。

絞著手指，我糾結片刻後才低下頭緩緩開口：「我只是，怕你拒絕我。」話語聲細如蚊蚋，但從他噗哧一笑的反應可以得知，他清楚地聽見了。

「嘖，不是說好不笑的嗎？」

「我剛才說的是『看妳的回答』，又沒答應妳不笑。」一臉無辜地說完，他又笑了起來。抽動的肩膀在我看來十分礙眼，我忍不住一掌打去，「有什麼好笑的？」說罷，我忿忿地邁開腳步，將他甩在身後。

「生氣了？」他無奈地笑著追了上來，「別生氣嘛。我沒嘲笑妳，只是覺得妳的回答很可愛罷了。」

他的話讓我的臉頰唰地燒紅。瞪大雙眼，我結結巴巴地說：「你、你說什麼啦？」

「沒什麼好擔心的，我不本來就沒打算拒絕妳。」面對驚慌失措的我，他逕自接續道：「不過，我倒是有些好奇為什麼妳會執著於邀請我。」

「關於這個啊，朋友沒空是其中一個原因。」

這幾天，尹修和顧德明一起去了花東，子晴則是在請了幾天假和我們出去玩後不得不安分地待在店裡工作幾天。

「不過，最主要的原因還是你囉。」

「我？」

「嗯。」右手抓著左手袖口，我垂首笑道：「我，想要向前邁進。」

那場不期而遇確實令我憶起了過去的傷痛。然而這陣子，爸爸的確如他所說，幾乎每天都準時回家與我們共進晚餐，像是停滯的時間再次流動起來，曾經失去溫度的家，此刻正日漸重拾過往的溫暖。除此之外，我還擁有願意為我兩肋插刀的朋友，以及身旁那個對我說出「我相信妳」的男孩。

這些美好讓我想試著相信，相信生活正朝好的方向緩緩改變著。

「我身後的頭髮承載了太多過往的回憶。回憶太重，重得我邁不開腳步。」

闔上雙眼，那些美好的、不美好的回憶登時湧上心頭。我回想起那女人輕柔地為我梳著頭髮的畫面，以及羅以廷說他最喜歡我一頭長髮時嘴角漾開的笑靨。

「我不打算一味地將過往捨去。總有一天，我會再次留起長髮，重拾過往的美好。但是現在的我，必須先給自己一個新的開始，一個讓自己再次跑起來的契機。」

越發清晰的思緒如同仲夏的晚風，悄聲無息地吹進我的心房，在我心底漾開一圈圈逐漸洶湧的波紋。他隨著我停下腳步，筆直地望著我，本就深邃的五官在暖陽的襯托之下更顯輪廓分明。

「也許你會覺得這麼做很像是在逃避吧？」我有些不好意思地勾起嘴角，「但是，是你對我說你相信我，是你給了我再次向前的勇氣。不論你怎麼想，我都想請你為我見證，讓你第一個看見我剪完頭髮後的樣子。」

他微微一怔，隨後嘴角邊漾開抹笑容，說：「妳很勇敢。」

「咦？」

「我認為，能夠指出自己畏懼些什麼的人，是勇敢的。」他伸手輕拍了拍我的頭，語句中流倘著溫暖的笑意，「不先明白自己害怕些什麼，又何談面對？」

「但即便是再有勇氣的人，也不是每次都能昂首面對。所以，直到妳能夠好好面對之前，就先作個不勇敢卻又勇敢的人吧。」

風摩娑著樹葉，葉隙間隱隱閃爍著光輝。佇立在樹蔭下，聽著他的話語，一股異樣的情緒漸漸膨脹，胸口的躁動幾乎鼓到了喉頭。

我還沒動作，他便又自個兒說了下去：「說起來，雖然黑長直是挺漂亮的，但我從以前就在想，妳頭髮剪短些應該會挺可愛的。」

「可、可愛？」我登時僵住，呆愣了幾秒才結結巴巴地道：「不、不要隨便說這種話啊！」

「幹嘛？害羞啊？我只是說實話啊。」說著，他傾身向前，輕輕撩起我的瀏海，「像是這樣，把瀏海剪短的話，感覺不錯吧？」

「莊、莊儀程！」

太近了、太近了啊！他到底有沒有一點自覺啊？

「啊，忘了這裡沒有鏡子，妳自己看不到。」

我是看不到。但就算不看我也知道現在的自己臉有多紅啊！

在心中慌亂地吶喊著，見他故作一臉惋惜地退了開來，嘴角隱約藏不住笑意，一股被耍了的不快感令我不甘地噘起嘴來：「你耍我？」

哼，惡劣，虧我好像還心動了一下。

「別誤會，我剛才說的可都是實話。」他雙手交握在腦後，邁開步伐。

「咦？」我呆愣地聽著自己的心跳聲。

「只不過——」刻意拖長尾音，前方的他停下腳步，旋過身來，嘴角漾開抹狡黠的笑容，「妳的反應實在是太過有趣，忍不住就捉弄了下。」說完，他吐了下舌。

「你、你——」手指顫抖著指著他，「被我抓到就死定了！」惱羞成怒地大聲說完，我大步朝他跑去。

「哈哈，妳試試看啊。」

「不要太瞧不起人了！」

我們倆奔跑著踩踏過斑駁的樹影，笑鬧聲和著道路上蒸騰的暑氣冉冉上升。清脆的啁啾聲自樹叢中竄出，餘光裡，我瞥見一隻鳥兒振翅飛向青空。

＊

最終，我將一頭及腰長髮剪到肩上幾公分，將髮尾燙了個彎度，還把頭髮染成了褐色。

偷偷摸摸地從後方靠近坐在公園長椅上的莊儀程，「吶，給你。」我將塑膠袋中屬於他的那支冰棒抽出來，迅速貼上他的後頸，惹得他一陣怪叫。

「嘶——很冰欸！」他縮起脖子，一手摀住被冰到的地方，一手拽過我手中的冰棒。

「這是報中午的仇。」走到他面前，我居高臨下地望著他，得意洋洋地衝他咧嘴一笑。輕輕拍掉長椅上的水珠後，我在他身邊一屁股坐下。

中午時異常悶熱的空氣果真預示著午後雷陣雨的到來。在我們進入理髮店後沒多久，外頭便下起了傾盆大雨，雨勢之大，彷彿要將世間一切的塵埃洗淨一般。

「真愛記恨。」他瞅了我一眼，俐落地撕開了包裝，一口將冰涼咬下。

染髮加上燙髮意外地費時，為了報答他陪我那麼久，期間甚至還無聊到在一旁打起盹來，出了理髮店，我決定請他吃些什麼作為謝禮。因為時間也不早了，他便提議簡單買些冰棒到附近的公園邊吃邊聊天就好。

雨後青翠的草地上鑲滿了晶瑩的雨珠，像是散落在綠意中的水晶，在陽光的照射下熠熠生輝，為公園染上了與平時不同的氛圍。我將清新的空氣充滿肺部，浸淫在這平靜而美好的時刻。

「再不吃冰就要融化了。」

說話的那人已經將手中的冰棒吃完，毫不客氣地又將手伸進塑膠袋掏出一支冰棒。我瞥了眼，是抹茶口味的。

嘖，真是殺風景。

我在心中暗忖，手也沒閒著，從袋中拿了根冰棒出來。

伴著塑膠袋撕開的聲音，他說：「唉，早知道女生弄頭髮要花那麼久時間，我就叫妳直接剪男生頭就好。妳看現在這都幾點了啊？」

「我本來就只跟你說要剪頭髮，又沒說有什麼其他行程。」

「是、是，我的錯。」他一面小心翼翼地啃著已經半融化的冰棒，一面無奈地說。雨水浸潤過的斜陽細碎地灑在他的臉上，纖長的睫毛隱約被染成了淺金色，他深邃的眸子裡含著微笑的光，彷若能看見有光彩在之中躍動。

「話說回來，我們都認識好些日子了，今天竟然才第一次在天臺以外的地方碰面啊？」他一臉恍然大悟的神情，好像發現了什麼驚人的事實，「雖然等妳用頭髮等挺久的，但像今天這樣出來走走也挺不錯的。」他笑著說，對我搖了搖手裡那枝冰。

被他這麼一說我才發現，上去天臺十次，竟然有約莫七八次會看到莊儀程。雖然天臺上的風景確實非常漂亮，隨著天氣的變化總能見到各種旖旎風光，但若沒有莊儀程陪我聊天，我每次上去大概都待不超過一小時就下樓了。相較起來，他這麼高的出現頻率，還有動輒待在上面好幾小時的行為，怎麼看都很是詭異。

「我才覺得奇怪，哪有人不嫌整天待在什麼都沒有的天臺上無聊，反倒嫌待在家裡無聊啊？待在家裡明明可以看電視啊、吹冷氣啊什麼的。」說著，我刻意用看怪人的眼神斜睨了他一眼，「人家是宅男，那你這種變形種又該如何稱呼？」

「那又不一樣。」他既沒有理會我的調侃，也沒有直接回答我的問題。

「哪不一樣？」

「就不一樣。」

見他沒有認真回答的打算，再追問下去也只是鬼打牆，我認分地繼續吃起手中的冰棒。大口咬下沁人心脾的清甜滋味，我微瞇起雙眼，雙腳愉快地踢了踢。一旁的莊儀程咬了口冰棒，重新開啟話題：「說實話，早上妳打給我說要剪頭髮，我一瞬間還以為妳是失戀了還怎樣。」

「你哪來這種奇怪的想法啊？」噗哧一笑，我拍了下他的肩頭。

「漫畫跟電視劇都這樣演啊。誰知道妳會不會看多了就傻傻效仿？」

聽見他的調侃，本打算反駁他的我突然靈機一動，故作不在乎地說：「既然嫌別人傻，那你倒是說說自己失戀時會做些什麼啊。」

一旁的他先是愣住，隨後很快便反應了過來。側過身，一臉得意地對我說：「想趁機套我話？哪那麼容易。」

唔，被發現了。

「講一下又不會怎麼樣……」說到這裡，一股委屈的情緒沒由來地堵在胸口，我有些不甘心地囁嚅道：「說起來，自從我們認識後總是我單方面地對你傾訴心事，但是別說是你的心事了，我就連有關你的事情都不太清楚。」

莊儀程微微一愣，眼底閃過了一絲異樣的光芒。

我說錯了什麼嗎？但是，我說的分明是事實啊。

即便一開始只是基於八卦的心態，但仔細想想，我跟他也認識了一個多月了。從認識到現在，因為在天臺上向他傾訴的緣故，我們之間的距離急速縮短。而我這才發現，這些日子以來，我會向他傾訴煩惱，與他分享生活大小事，但除了一開始認識時簡單地說起自己對於天臺的想法外，其餘他所提到關於自己的，都是些較不涉及心靈層面的事，甚至時常僅止於生活瑣事。

他了解我——至少我願意讓他了解自己的脆弱。

但是他呢？他又是怎麼看我的？

我抿緊雙唇，委屈、不甘等情緒在心底暗潮洶湧。

不知不覺中，我竟然已經這麼在意他了嗎？

「亂想什麼啊？」見我這番反應，他左手撫上我的頭，像是在安撫小動物般輕輕地拍著。

「我只是……怕只有我單方面地把你當作朋友。」

他先是雙脣微張，看起來有些訝異，隨即啞然失笑，用力彈了下我的額頭。

「你幹嘛？」手摀著額頭，突如其來的痛覺幾乎將我逼出淚水。

「妳是我很重要的朋友。」他此刻臉上的笑容讓我莫名感到心安，「我比妳所想的更加依賴妳，只是依賴的方式與妳想的不同。」他望進我的眼中，對比我的猜疑，他明亮的眸裡寫滿了真誠，我瞬間感到有些罪惡。

「這樣吧，給妳問個問題，問完就別多想了。趕緊回家吧，時間也不早了。」他站起身，將座椅上的垃圾拾起，瞥了眼手錶。

沉睡的路燈在西沉的夕陽下慢慢被喚醒，小小的水漥溶著街邊暈黃的燈光，透出模糊的暖意。

一個問題嗎？那該問什麼？

也許是機會出現得措手不及，我左思右想也想不出該問些什麼。

「快點，這次錯過可能就沒下次機會囉。」

「這太強人所難了啦！才一個問題，當然要給我時間好好想想啊。」

「那是妳的問題，又不是我的問題。」他攤開雙手，一臉他也沒辦法的表情，「動作快，倒數五、四、三——」他隨著倒數一根根彎起手指，拖長的尾音讓我焦急了起來。

「等等，我問、我問！」

我驚慌地伸手想捂住他的嘴。他挑起眉，示意我問下去。吞了口口水，我放下方才舉起的手，怯怯地問：「所以，你有交過女朋友嗎？」

為什麼會問這個問題，連我自己也說不明白。也許是一時想不出其他問題，只好延續方才的話題吧？我想。

「果然又回到這個話題啦。」他看起來不是很意外，只是輕輕勾起嘴角，淡淡地說：「有啊，我是曾交過一個，但很久之前分手了。」

看著他的笑容，我的心微微一緊。

「為什——」

「因為她劈腿了。」他說得很平靜，澄澈的眼底波瀾不驚，像是事不關己。

劈腿？

我還沒反應過來，他便又再次開口：「好啦，問題時間結束。破例回答妳兩個問題了，感謝寬宏大量的我吧。」語畢，他朝我眨了眨眼，不待我再接話，便將垃圾投進了旁邊的垃圾桶中。冰棒棍在鐵製的桶中發出了沉甸甸的聲響，最後靜靜地躺在了桶子底部。

我就這樣呆坐在椅子上，看著他一氣呵成的動作。

就在他鬆手將冰棒棍丟進垃圾桶的那一刻，我彷彿看到曾經的甜蜜化作黏手惱人的事物，被永遠捨棄在黑色的垃圾袋中。

「喂，發什麼呆？」他走回我面前，手在我眼前揮了揮。

「對不起……」我緊揪著衣服下擺，「是我太白目了，硬是要問這個。」

「嚴肅什麼呢？那都多久以前的事了？而且我什麼都不說，妳會好奇也是正常的吧？」他若無其事地拍了拍我的肩，「走吧。」

不知道該說些什麼的我只能小心翼翼地跟在一旁。用餘光偷偷觀察著他的反應，我試著從他表情的變化中看出一絲端倪，卻什麼都沒有發現，這讓我感到有些擔憂。

雖然他看起來很平靜，但他真的沒事嗎？

會不會他心裡其實很難過？又或者是在生我的氣？

我有些緊張地絞著手指。

早知道會讓氣氛變成這樣的話，當初就不應該問的……

莊儀程似乎沒有察覺到我的視線，我們倆就這樣安靜地並肩走著。一股尷尬的沉默蔓延在我們之間，卻沒有一個人想要打破。

他是生氣了嗎？是生氣了吧？我不禁沮喪地想著。還是跟他再道個歉吧？

「啊，對了！」正當我們走到公園入口，而我正打算開口再次向他道歉時，他像是突然想到什麼一般，右手打了下左手掌心。到了嘴邊的道歉瞬間縮了回去，我納悶地問：「怎麼了？」

「剛剛妳那麼嚴肅，害我差點把這事給忘了。」他臉上掛著笑容，隨興地抓了抓後頸，「妳晚上有空嗎？」

我愣住了。

此刻，他的反應跟平時沒什麼兩樣，甚至也沒有比較疏遠的感覺，彷彿剛才什麼事都沒有發生一般。

他沒有生氣嗎？如果真的生氣了，又為什麼要問我晚上有沒有空？拉了拉衣角，我感到不知所措。

不論他是真的沒事還是假的沒事，既然他都選擇和平常一樣相處了，那我是不是也該暫時放下別再亂想呢？

儘管一開始自顧自地對於「為什麼他不對我傾訴」這件事感到失落，但想想若真如他所說，他是以自己的方式在依賴著我，那比起小心翼翼地為了他不想再提起的事情而改變對他的態度，不如和以往一樣扮演好朋友這個角色。不論他說或不說，他都知道我在這裡，並且能用自己的方式依賴我，而我對他傾訴時，他也會用心回覆，這樣的關係對現在的我們而言，也許就是最好的吧？

決定將方才的小插曲暫拋腦後，我對他笑著回答道：「今晚？是有空啊，你要幹嘛？」

「問那麼多幹嘛？今天的問題額度已經用完了。反正，妳晚點上來天臺一趟就知道啦。那就先這樣囉，我還有事，先從這離開啦。」

「喂——」

不待我進一步詢問，他便往我反方向跑開。跑了幾步後，他才回過頭來笑著揮了揮手，一手圈在嘴邊，說：「晚上天臺見，記得喔。」語畢，他揚起一抹極其燦爛的笑容。

搞什麼神祕啊？假鬼假怪。

愣在原地，我心中雖是如是吐槽著，嘴角卻不自覺地堆起了滿滿笑容，一股暖意和著胸口越發明顯的躁動漸漸膨脹。

「嗯，晚上見！」夕陽下，我說。

第五章　夜空中最亮的星

廣袤的夜空中，妳終會找到屬於妳的那顆星，指引妳走出去。

軋——

推開有些沉重的大門，一面將鞋子整齊地放回鞋櫃，我一面朝屋內喊道：「爸、阿嬤，我回來囉！」

然而不同以往，回應我的只有一室沉默。

「爸？阿嬤？」我皺起眉頭，又喊了一次。

奇怪，怎麼沒有人回應呢？難道是出門了嗎？不太可能啊？

兀自疑惑地嘟囔著，我從口袋中掏出手機打算聯繫爸爸。沒想到一打開螢幕，滿滿的訊息通知便映入眼簾——

「今天早點回家吧。」

「妳姑姑找我們今晚出去吃飯，餐廳也訂好了，但她晚點還有事，所以時間訂得比較早些。」

「爸爸　未接來電(7)」

「妳去哪了？電話怎麼都沒接？」

「因為時間到了還沒能聯絡上妳，我和妳阿嬤就先出發了。晚餐妳就自己解決吧。」

「到家後記得說一聲。」

咦？

意識到自己剪完頭髮後忘了將設成靜音模式的手機調回來，我瞬間冷汗直流。

慘了，爸爸一定氣炸了。怎麼辦？

懊惱地抱著頭，我無力地癱倒在沙發上，煩惱著該不該打電話給他。

算了，早罵晚罵都是罵，不如趁他們在吃飯時打過去，他也比較會顧及旁人眼光而不會罵太兇吧？

事不宜遲。打好如意算盤後，我正襟危坐，屏氣凝神地按下了通話鍵。隨著聽筒中嘟嘟聲響起，我的手心也不自覺地沁出冷汗。

「喂？」聽筒裡傳來了爸爸的聲音。

「爸，那個……我到家囉。就是跟你說一下，嘿嘿。」

「到家就好。」他停頓了一下，又說：「下午為什麼都不接電話？」

「就……我怕弄頭髮時不方便接電話，所以就調成靜音啦，然後……就忘了調回來了。」

「下次別再這樣了。」

「爸，你不生氣嗎？」

爸爸的聲音聽起來好像沒有很生氣。鬆了口氣的同時，我卻也有些不知所措了起來——畢竟按照以往的慣例，只要晚回家又忘了報備，爸爸就會整個晚上劈哩啪啦地重複著「女孩子家啊，不要整天那麼晚回來，萬一在路上遇到壞人怎麼辦？」之類的訓話內容。

即便明白沒有通知就晚歸這件事是我不好，也知道爸爸會碎念是因為擔心我的安危，但滔滔不絕地叨唸訓誡的他實在是挺令人害怕的。思及此，我忍不住吞了口口水。

聽筒另一頭的那人靜默了幾秒鐘，然後深深地嘆了口氣，「生氣也沒有用。妳都要上大學了，有些事情我像以前那樣管那麼多，還不如妳自己多注意一點。倒是妳阿嬤很擔心妳，下次晚歸還是記得先通知一聲。」

「知道啦，對不起嘛……讓你跟阿嬤擔心了。啊，對了，好久沒見到姑姑了，幫我跟她打聲招呼。」

「嗯，那我先回去吃飯了。晚餐記得自己處理，不要吃些有的沒的。」

「啊——」突然想起方才與莊儀程的約定，我立馬出聲制止正要掛斷電話的爸爸。

「怎麼了？」

「那個，就是啊，我晚點跟朋友還有約……」斷斷續續地囁嚅道，沒有拿手機的左手下意識地繞著髮尾，我深吸口氣，繼續說：「我會注意安全，儘早回來，也不會再不接電話了，所以……」

電話那頭沉默著，既沒破口大罵，也沒有立馬答應，這樣的情況讓我有些不敢將請求說完。

唔，果然不該在忘了接電話又晚歸後提出這樣的要求嗎？

沉默持續了好片刻，就在我不禁懷疑他是不是早就掛了電話時，我這才聽到爸爸嘆了口氣，說：「去吧，都跟人家約好了。自己注意安全，早點回來。」

「咦？真的嗎？」聽見他的回覆，我開心又激動地踢了踢腳，腳上的拖鞋順著大幅度的動作飛了出去，「謝謝爸！明天我會把整——個家的地板都拖一遍的，嘿嘿。」

＊

嗶、嗶、嗶——

微波爐瞬間暗了下來，套上隔熱手套，我將熱騰騰的義大利麵拿了出來，在偌大的餐桌旁獨自吃起晚餐。一想到他們三人正一塊兒圍在餐桌旁吃著大餐，原本美味的義大利麵到了嘴裡瞬間變得味如嚼蠟。

可惡，我也好想吃大餐啊。

份量不大的義大利麵很快便幾近見底。將最後一口晚餐吞入口中，我用紙巾擦了擦嘴，把塑膠餐盒嚴實地綁在不透光的塑膠袋後，這才將它丟進垃圾桶。

微波食品在爸爸眼中屬於「有的沒的」食物，要是被他發現他才剛提醒我，我便因為貪圖方便而不聽勸，那可就麻煩了。

回到餐桌邊，不知道要做些什麼的我雙手撐著臉頰，望著牆上的時鐘發起呆來。

暈黃的燈光下，獨自坐著的時間感覺特別漫長。安靜無比的家中只有秒針滴滴答答地走著，寂寥的聲音在屋裡越發猖狂，像是一條恣意攀爬的藤蔓，從看不到的角落漸漸覆蓋住整個空間。

就像當時一樣。

意識到自己又差點陷入了過往的回憶，我忍不住苦笑，將臉深埋進雙手之中，深深吐了口氣。

不是才下定決心要好好向前的嗎？

不要再想了，王苡孟。

不要再想了。

叮咚——

擺在一旁的手機螢幕登時亮起，提示聲劃破了寂靜的空氣，我趕忙將它緊握手中，像是找到了救命浮木一樣。

滑開螢幕鎖，看到的是莊儀程傳來有關見面時間的訊息。

「等等八點，記得上來天臺一趟喔。」

「應該不會太趕吧？哈哈！」

八點嗎？我看了眼壁上的掛鐘。

現在出發慢慢走過去，時間上應該差不多。

像是要逃離什麼洪水猛獸一般，我趕忙抓起一旁的包包，快步走向門口，穿上涼鞋，扭開微涼的金屬門把，直到將整屋子的寂寥緊緊鎖在門內後，才有些疲憊地闔上雙眼，背倚門板輕輕滑下。

會好起來的，王苡孟。

一切都會好起來的。

深吸口氣，起身，我邁開腳步朝醫院走去。

*

唧唧的蟬聲夾雜著陣陣蛙鳴伴我走在夜晚的道路上，約莫走了十分鐘後，自然的交響樂才漸漸被嘈雜的人聲與車聲取代，身旁的景色也從寧靜的住宅區轉變為繁華的夜晚街景。

即便是到了晚上，市區仍舊車水馬龍，每每從身旁疾駛而過的車輛總令我忍不住膽顫心驚。長這麼大卻還是不太會過馬路的我，每過一個路口都要左顧右盼個好半天，幾經走走停停，這才好不容易壓線抵達醫院門口。

永遠無法理解那些能夠輕鬆過馬路的人啊！明明車子感覺都已經那麼近了，為什麼他們還能神色自若地過馬路呢？如是暗忖著，我搭著電梯來到了15樓，毫無懸念地走到走廊底端，推開鐵門，沿著熟悉的階梯拾級而上。

回想起來，一開始的我每次溜進來前都得提心吊膽個好半天，但過沒多久我漸漸發現，這附近平常根本不會有人經過，只要稍微注意後俐落地溜進來，幾乎不會有被人發現的危險。

使勁推開通往天臺的那扇門，一股涼風竄入樓梯間，灌了我滿懷，我忍不住微瞇起雙眼。將門輕輕帶上後，我揉著被風吹得有些乾澀的眼睛走向玻璃護欄。

「哇——」

定睛一看，我這才發現映入眼簾的是一大片令人屏息的絢爛光景。

川流不息的車陣在夜幕下劃出一筆筆倏忽游移的螢光線條，輕倚著護欄，我俯視著穿梭在喧嘩城市夜中的車流如水。汽車發出的喇叭聲夾雜著夜晚城市的生命力緩緩飄入耳中，理應是讓人感到些許煩躁的嘈雜，在高處聽起來就像隔了層什麼般，讓人有些聽不清，甚至在偶爾拂過的微風中消散如煙。我的心跳隨著街頭忽明忽滅的流光安然跳動，恍若隔世。

抬頭望去，天幕已是漆黑，繁華城市上方的蒼穹繁星點點，隨著城市裡幾萬人的深沉呼吸閃爍。

今天是農曆月底，月亮幾乎斂去了所有光芒，在漆黑的畫布中，一點點白色的星子更顯明亮。

我不知道若當真像大家所描述的在黑色的布匹上打翻整盤鑽石或珍珠會是什麼樣子，但我知道，那絕對無法比擬此刻的星空。

午後的大雨洗淨了城市的塵埃，夜晚的星空萬里無雲。儘管霓虹燈招搖地試圖啃噬夜的黑，卻怎麼也無法掩蓋漫天星辰的熠熠生輝。

這是我第一次看見這麼美麗的星空，美得令人屏息，無以言喻。

我驀然有種想哭的衝動。

「終於來啦？妳遲到了。」

莊儀程好聽的嗓音從身後傳出，將我從滿溢的情緒中抽離。我回過頭，只見他抬起左手，手錶向著我晃了晃示意，「還以為妳一陣子沒上來，把來這裡的路都給忘了。」

因為天氣炎熱的關係，我的確已經好陣子沒到天臺上吃飯了，但再怎麼說，我也不至於笨到會把來這裡的路都給忘了。

我白了他一眼，說：「路上車有點多，我又不太會過馬路，時間就拖到了嘛。不過我這不也才遲到幾分鐘而已嗎？不要那麼愛計較。」

「都幾歲了還不會過馬路。」輕笑，他邁開步伐來到我身邊。

「你管我。」

我們之間隔著不長也不短的距離。將視線放回夜空中，我輕倚著玻璃護欄，傾聽夜晚城市的旖旎與聲息。

「很美吧？」沉默了好陣子，他才緩緩開口，一雙眼睛笑瞇成了好看的弧度。

「嗯。」

「午後的風景是充滿生機的寬廣，而夜晚的則是寧靜的美麗中帶點遼闊的孤寂。」他一個轉身，背倚護欄，雙手手肘隨興地靠在上頭，仰起頭來望向漫天繁星，「我不知道妳更喜歡哪個多一些，就想著讓妳都親眼看看。」

望向他，我對他真誠一笑，「我都很喜歡，謝謝你今晚找我上來。」

「現在道謝還太早了。」他用指節敲了敲我的額頭，「妳以為我找妳上來就只是為了這個？」

「啊？不然呢？」

「當然不是只有這樣啊。」他站直身子，往樹圍椅的方向走去，神祕兮兮的舉動讓我不由自主地感到緊張了起來。

大概是注意到身後的我隨著他的動作也轉過身去，他走到一半突然回過頭，一臉嚴肅地叮囑著我：「喂，把頭轉回去，還有眼睛也閉上，等會兒聽到聲音後才可以轉過頭。還有，不准偷看！」見我還傻愣在原地，他又擺了擺手，「快，聽話，轉過去。」

「呃，喔。」

他的神情極其認真，讓我只不由自主地順著他的指示轉過身去。

他要幹嘛？不會是要嚇我吧？但真是這樣的話何必特地晚上約出來？

我在腦海中做出各種設想，但始終無法得出個答案，只能不安地絞著手指。試圖憑藉聲音辨識出身後的動靜，卻徒勞無功——他要嘛真沒有發出一丁點兒聲響，要嘛是動靜小到被周遭的聲響給蓋過去了——無論如何，看來他是打定主意要給我個驚喜了。

不，我在想什麼呢？也有可能不是驚喜，而是驚嚇吧？我在心中吐槽著，一邊想著該如何防止被嚇，以及在那之後又該如何報仇。

正當我在心中擬定作戰計畫時，驀地，一陣吉他聲傳入耳中——

嗯？吉他？

我納悶地回過頭來。

只見莊儀程抱著一把木吉他緩緩向我走來，手指隨意地輕撩過琴弦，清亮的旋律如流水般傾瀉而出。地上的造景燈投射出溫暖的暈黃光束，聚焦在他身後那顆蓊鬱的樹木上。自他身後射來的光芒將他的髮尾染成了淺金色，也將他的五官刻劃得更為立體，我不禁看得出神。

他的眼底流淌著笑意，左手在弦上上下撫弄，右手很有節奏地撥弄著琴弦，悅耳的旋律自簡單的六根弦中飄了出來，他的歌聲也隨之而起——

夜空中最亮的星　能否聽清　那仰望的人　心底的孤獨和嘆息

OH　夜空中最亮的星　能否記起　曾與我同行　消失在風裡的身影

他的嗓音柔和中帶有磁性，好似一泓潺潺細流流淌過我的心底。

我祈禱擁有一顆透明的心靈　和會流淚的眼睛
給我再去相信的勇氣　OH　越過謊言去擁抱你

他望向我的雙眸如星辰，如大海，閃爍著滿滿璀璨又深沉的光。那些光芒晃蕩起來，像是溫暖搖曳的燭火，又好似清透小溪上的凜凜波光。

每當我找不到存在的意義　每當我迷失在黑夜裡
OH　夜空中最亮的星　請指引我走出去

（〈夜空中最亮的星〉作詞：逃跑計畫　作曲：逃跑計畫）

主歌的溫柔恬淡將副歌豐沛的情緒襯托得淋漓盡致。歌聲中，我彷彿聽見了迷茫與孤寂，卻也同時聽見了期盼與希望。直到最後一個音符落下，我仍舊沉醉在他方才的歌聲當中，久久不能自拔。

「這首歌送給妳。」他充滿笑意的話語極其溫柔，「新的開始，願妳在這片夜空下能夠找到屬於妳的那顆星，指引妳走出去。」

不遠處的他笑了起來，昏黃而溫暖的光線中，他的笑容閃閃發亮。

我愣在原地，下意識地張開雙唇想說些什麼，卻又發不出聲音來。過了許久，才終於有些顫抖而乾澀地開了口：「你找我上來，就是為了這個？」

還以為他是要嚇我之類的，沒想到竟然是……

「呃，對啊。」

莊儀程見到我的反應，像是感到意外般，頓時顯得不知所措，「我只是在妳剪頭髮時突然想到，想說既然是新的開始，應該給妳點……祝福什麼的，再加上也想讓妳看看天臺上的夜景，所以……」他慌亂地解釋著，隨後嘆了口氣，走到我面前，尷尬地搔了搔頭，頰上隱隱泛著紅暈，「妳……不喜歡嗎？我以為妳會感到開心才對啊？怎麼會是這種反應呢……」

「噗哧——」

他那副小心翼翼的模樣讓感動與好笑的情緒混雜成我眼角沁出的淚珠。

「啊？」見狀，莊儀程眨了眨眼，一臉搞不清楚狀況的樣子。

「啊什麼啦？」走向他，我一拳捶在他的肩上，說：「我很感動，謝謝你。」隨著說出最後一個字，眼眶又無法克制地濕潤了起來。我抿緊雙唇，卻怎麼也止不住淚水滑落。

原來這世界上還有一個人，也把我看似微小卻意義重大的決定揣在心裡。對我而言，這或許就是一種救贖。

「謝謝你。真的，謝謝。」我抽抽噎噎地說著，兩隻手使勁地抹去頰上的淚珠，想要對他綻出笑容。

莊儀程先是微微一愣，然後不禁失笑，伸手摸了摸我的頭，「別哭啊，搞得像是我欺負妳一樣。妳都不知道妳剛才那反應可差點把我嚇壞了。」

「本來就是你欺負我。一下害我那麼緊張，一下害我那麼感動，我都要精神分裂了。」

面對他無奈中帶點寵溺的話語，明明他說的是「不要哭」，我卻不受控制地哭得更兇了。

「喂，不是吧？妳怎麼又哭得更兇了？」

「你管我！」

「還說自己不是愛哭鬼，妳看看妳，這不是超愛哭的嗎？」他笑嘆道。我沒來得及反駁，一隻大手便將我摟進懷中。太過突然的發展讓我瞬間反應不過來，只能呆愣地順著他的動作被拉進他的懷裡，淚水登時被驚訝的情緒止住。

莊儀程一手輕摟住我，一手溫柔地撫弄著我的髮絲。掌心的溫度和著我鼓動的心跳，這種感覺有些難以描述，但我意外地並不排斥。

愣了幾秒後，我將頭輕輕靠在他的肩膀上，嗅著他身上一如既往的那股清香，感到莫名的平靜與安心。

「想哭就哭吧。」他低沉而好聽的嗓音在我耳邊輕輕響起，「哭完了，明天就是全新的王苡孟了。」沒有鬆開懷抱，我們之間拉開了些足以讓彼此望進對方眼眸的距離。他真誠而溫暖地對我笑著，頰上泛著淡淡的紅暈，雙眸中似是有光彩跳躍。

我想，我的眼淚終歸是止不住了。

那個夜晚，一切都美好得似一場綺麗的仲夏夜之夢。

回想起來，那時的莊儀程穿著淺藍色的襯衫，最下面的那顆扣子沒有扣上，衣服下襬就這樣隨著偶爾拂過的微風輕輕飄揚。

那樣的他，就像是隻青鳥一樣。

＊

剪完頭髮的隔天，我便收到了各種有關新髮型的評價。

一早起來，甫走進客廳，我就捕捉到兩道訝異的目光。

「看起來像乾掉的稻草。」

從報紙中抬起頭來的爸爸在簡短而毫不留情地批評完之後，便又再次埋首於報紙之間。

「好看、好看。」

相反地，阿嬤則是一個勁兒地衝我點頭。但是「情人眼裡出西施，阿嬤眼裡出美孫」，我想她大概只有我理光頭時才會說不好看吧？

家裡的樣本數實在太少。心想著讓子晴跟尹修鑑定看看，我隨性地拍了幾張自拍，附上了句「我剪新髮型囉！好看嗎？」傳到群組後，立馬就收到了回覆。

「我們有情侶頭欸！」句末還附上了張網美級的自拍照以及一個愛心貼圖。

照片裡她的一頭褐髮分明顏色比我亮上許多，髮尾的捲度也是全然不同於我的大捲，我實在不知道她這樣的結論是從哪裡得出來的？

「挺適合妳的。」尹修傳了個雙手比讚的貼圖。

他對造型還算有研究，這句話應該可以當真吧？

輕嘆了口氣，我放下手機，望向一旁的連身鏡。鏡中的我蓄著與以往不同的髮型，及肩的褐色髮絲在陽光的照射下色澤越發明顯。

哼，管其他人怎麼說，反正我自己是很喜歡啦。

對鏡子扮了個鬼臉，我倒回床上，忍不住笑開了嘴。

*

暑假的結尾來得特別地快，時序很快便進入夏季尾聲，於此同時，幫忙敏珠姐的工作也來到了最後一天。

「啊啊——真是捨不得妳走啊。妳才來這個暑假而已，不知道就幫了我多少忙呢。」

坐在一旁的敏珠姐說著，一面將撥好的橘子遞了過來。和她道謝後，我接過橘子，將其中一瓣放入口中，任由甘甜的滋味在口中擴散，「我也沒幫到什麼忙啦，倒是敏珠姐以後小心點，別再受傷了。」

除了一開始的日子比較忙碌之外，其餘的日子倒也還算輕鬆，有時甚至好幾天再來一趟就好，工作內容也常常只是諸如跑跑腿等簡單的事情。除此之外，敏珠姐偶爾還會請我喝杯飲料或是吃些小點心，這讓我有種比起來這裡幫忙，我反倒更是像來這裡交朋友的感覺。

「放心啦，我手已經好得差不多了，之後搬重物的時候會多注意的。」她對我笑了笑，眼角隨之浮現淡淡的魚尾紋，「真的又受傷的話，大不了再請妳來幫忙啊。」

「不要再受傷了啦，敏珠姐。真要幫忙的話說一聲就好，我有時間一定過來。」我對她勾起嘴角。

「那之後有機會再麻煩妳啦。」她拍了拍我的肩，「今天看起來也沒什麼事了，妳待會吃完幫我把這疊病歷放到那個房間的櫃子裡就可以回家啦。不是快要上臺北去了嗎？趕緊把行李收拾好，到時候才不會手忙腳亂的。」

「嗯，知道了。」笑著將最後一瓣橘子塞入口中，我隨手抽了張面紙擦了擦手，背起一旁的隨身包包，將成疊的病歷抱在懷中，「那我就先走囉，敏珠姐多保重。」

「祝妳大學生活愉快，有空多回來走走啊。」她朝我揮手，而我則回以她一抹真摯的笑容。

＊

走進放病歷的小房間後，我按開一旁的電燈開關。霎時亮起的日光燈很是刺眼，讓我不禁瞇起雙眼。將身後的門輕輕帶上，我熟練地拿起放在角落的折疊椅，走向病歷號碼所對應的櫃子前，將懷中的病歷一一歸位。

手中的病歷並不是很多，約莫花了不到幾分鐘的時間就剩下最後一本了。

「尾數是7……」一面喃喃自語，我一面將椅子拖到了7號櫃前面，打開櫃子後站到椅子上，伸長手臂打算將病歷放進櫃子中。

「啊——」

預計要擺放的位子比較高些，一個不小心，病歷就脫手掉到了地上。我趕緊跳下椅子將病歷拾起。幸好病歷都有用活頁夾膠條固定起來，不然散落一地的話可就不知道該怎麼收拾了。我暗暗鬆了口氣。

正當我要將它再次放進櫃子時，我突然瞥見一張落在不遠處地上的東西。那是一張黃色的正方形便條紙，也許是面朝地上的緣故，從我的方向看不出上面寫些什麼。

會是剛才從病歷中掉出來的嗎？

雖然大多數病歷紙都會用塑膠條固定，然而在那之中夾著些小紙張什麼的並不罕見，它們通常被夾在封面裡邊的塑膠夾層中，若說是隨著方才的動作掉落並不是太讓人意外。

我跳下椅子將它拾起，想要確認上面寫些是什麼——即便照理來說我是不該看病歷的，但現在也沒辦法了，瞄一眼確認過後就將它塞回去吧。

我將便條紙翻了過來，一行字跡有些潦草的英文單字映入眼眸。

那個瞬間，我清楚地感覺到自己一瞬間的僵硬，熟悉的暈眩感以及恐懼朝我襲來，全身的血液彷彿倒流一漾。莫名的冰寒如蜂般密密痲痲地爬上脊骨，手中的那張便條紙因為有些出力的顫抖雙手而微微皺起。

原來有些人的生命，最終就這樣被濃縮一個單字中，書寫在毫不起眼的便條紙上。

那麼妳呢？

當初的妳也是這樣嗎？

腦中的思緒亂成一團，肺部的空氣彷彿被抽乾一樣，此刻的我就像隻離水的魚，只能無力地大口呼吸。手指突然觸上一片濕漉，溫熱的觸感瞬間從指尖末梢一路蔓延，狠狠地燙到了我的心臟。

我一面慌亂地將那張紙條塞回了暫時擱在一旁的病歷，一面胡亂抹去自眼角滴落的淚珠。

不要再想了。

一切都過去了。

不要再想了。

一切都會好起來的。

不要再想了。不要再想了。不要再想了。

無數次地催眠著自己，效果卻不如上次那般管用。那個單字就像是刀片一般，一筆一畫狠狠地刻在我的心上，一切過往像是被劃開的傷口，鮮血淋漓，歷歷在目。無論我再怎麼想忽視，都是徒勞無功。

我迅速地將病歷放回櫃子中，關上燈、闔上門，逃難似地急著跑離這令我窒息的空間。然而不論我跑到哪裡——走廊上、大廳裡、馬路上——那個單字還是如霧霾般盤踞在我的腦海中，久久不能散去。

藍色的墨漬在字尾暈染開來，潦草的字跡和我此刻雜亂的心緒不相上下。閉上雙眼，我仍然能夠清晰地憶起那張黃色便條紙上的一筆一畫。

expired.

死亡。

第六章　檸檬塔的酸與甜

若你的心填滿了酸澀的檸檬餡，那我願在你心底上一層白巧克力的甜。

我在轉角的超商坐了好一會兒，逼迫自己盯著落地窗外來來往往的汽車與人群轉移注意力，心情才逐漸平復下來。

外頭的天氣不是很熱，但超商裡大開的冷氣讓人感到更加舒適。儘管人來人往，這裡的環境卻不顯得吵雜，我險些舒服得趴在桌子上睡去。

「現在時刻，下午三點整。」

就在我閉上眼睛的那一刻，廣播電臺的聲音傳入耳中。接續在報時之後的是一連串清亮的旋律，我這才赫然發現時間已經過了那麼久。

糟了，現在時間已經那麼晚了，莊儀程該不會還在等我吧？

想起早先和他約好要帶我最喜歡的甜點店的蛋糕給他作為這段期間他請我吃午餐的回禮，焦急與愧疚瞬間蓋過方才混亂的思緒。在心中暗叫不好，我拎起包包跑出超商。

平時都是在午餐時間上去天臺，今天過了這麼久還沒出現，他會不會以為我爽約了呢？

快步走在路上，我邊邁開腳步邊掏出手機想看看他有沒有留下什麼訊息，然而出乎意料地，我並沒有收到任何自他傳來的新訊息。來不及進一步思考，此刻的我滿心只想著無論如何都要通知他一聲。

雙手飛快地在鍵盤上打著字，輸入、傳送，一氣呵成。

「抱歉，剛才因為一些事情耽擱了！我現在就去買甜點，你要是還在上面的話就再等我一下喔！」

確認訊息成功送出後，來不及等他回覆，我快步朝目標的甜點店跑去。

＊

三步併作兩步地跑上了通往天臺的階梯，我清楚地感受到自頸間滑落的汗水匯流至背部，黏膩的觸感混雜著逐漸沉重的呼吸讓我頓感頭暈目眩，但我沒有停下腳步，只是將護在胸口的紙袋又小心翼翼地摟緊了些，暗自祈禱著裡面的蛋糕沒有因為我的跑動而解體。

終於走到了最上層的階梯，我並沒有立馬推開門走出去，而是一手抵著門板，微低下頭粗喘著氣，試圖平復自己紊亂的呼吸。

可惡，太久沒運動了，趕一下路就累成這樣。

即便用沒有抱著紙袋的手抹去了額上的汗珠，燥熱感仍舊無法消除。我長吁了口氣，順了順耳際的髮絲，這才推開門走進了天臺。

「讓你久等了，我帶著好吃的甜點來進貢啦！」我輕輕闔上身後的門，故作俏皮地說著卻沒得到回應，只隱約看見有個人躺在靠樹另一側的椅子上。我盡可能不發出聲響地走近樹圍椅，定睛一看，那抹身影果不其然是莊儀程。

莊儀程躺在椅子上，右腳微微屈起，右手覆在額上。他雙眼緊閉，胸口平靜地起伏著。一頭黑色的髮絲有些凌亂，幾縷細碎的髮絲散落在額前。

居高臨下地望著他，我一手插腰，一手拎起紙袋輕晃了晃，試探性地喚了聲，但回應我的只有沉默。悻悻然地將紙袋放到一旁，我悄悄在他身旁坐了下來。

竟然悠閒地睡起了午覺來嗎？虧我剛才還著急成什麼樣子……

看著他熟睡的面容，我在心中嘟囔著。

然而心裡抱怨歸抱怨，看他睡得那麼安穩，我也不好叫醒他，只好掏出手機靜靜在一旁滑著，打算等他醒來後再一起享用下午茶。

*

莊儀程這傢伙，未免也太會睡了吧？

我在心中暗自大翻了個白眼。看了看螢幕上方的時間，不知不覺竟然已經過了四點半。在等他醒來的這段期間，我把訊息回完了，限時動態也全都看完了，滑到都不知道還有什麼可以滑，身旁的他卻依然沒有要醒來的意思。

是豬嗎？我淡淡地瞥了眼他的睡顏。

陽光自葉隙間灑落，不偏不倚地落在他的臉上。微風偶爾拂過他的髮絲，不知為何讓我想起了隨風擺動的麥田。

好吧，不得不承認，他也許算是隻還蠻好看的豬。看著他的睡臉，我忍不住莞爾一笑。

而就是在這個時候，他的眉頭微微皺起，額頭上沁出了些許汗珠，呼吸聲也逐漸急促了起來。

「爸、媽……」

他的夢囈有些模糊，讓人險些聽不清。查覺到他的不對勁，我放下手中的手機，愣愣地望著他。怎麼回事？是作惡夢了嗎？

「喂，莊儀程，你還好嗎？」我略帶猶豫地輕拍他的肩膀，只見他恍若未聞，微微搖著頭，夢囈聲漸漸大了起來。

「不要、不要……」

單憑這幾個詞我無法拼湊出他想要表達的意思，但那幾近絕望的哀求聲讓我的心狠狠揪了一下。

「莊儀程，你快醒醒！你作惡夢了！」我又出了些力搖動他的肩膀，想將他從睡夢中喚醒。

打從認識他以來，我從沒見過他這般脆弱無助的模樣。即便可能只是單純地作了個惡夢，這樣的他仍舊讓我無法控制地亂了手腳。

他的呼吸聲越發急促，額頭冷汗直冒，緊蹙的眉頭再沒有一刻舒展開來。他痛苦地呻吟著，身子還隱約有些顫抖。

該死，他到底怎麼了？

我使勁地搖著他的肩膀，卻怎麼也沒辦法將他搖醒。

「不要、不要……啊——」

痛苦的夢囈聲在自喉嚨迸裂出一聲尖叫後戛然而止。莊儀程的眼睛登時睜了開來，迷濛的雙眼呈現一片死氣沉沉的黑，彷彿沒有焦距。大口大口地喘著氣，他緩緩坐起身來，右手伸進髮絲，緊緊地收攏了手指，神情看起來相當痛苦。

我不知所措地站在一旁，過了幾秒鐘後才反應過來，「莊儀程，你……還好嗎？」小心翼翼地詢問著，我一面向他遞出了張面紙。

似乎是沒注意到我也在天臺上這件事，他的身子在我說話的同時微微一顫。緩緩抬起頭來，他失焦的雙眼慢慢聚焦在我身上。

「王苡孟……？」

他的聲音顫抖嘶啞，充滿了疑惑還有莫名的驚恐。

見他沒有接過我手上的面紙，我鍥而不捨地再次將它遞到他的眼前，「你冒了好多冷汗，先擦一擦吧。」

像是突然觸電一般，他猛地向後退開了些，搖了搖頭，說：「妳怎麼會在這裡？」

他冷著聲音質問著，看起來像是隻負傷卻不得不張牙舞爪抵禦外敵的狼。

「我不是說好今天要請你吃甜點的嗎？」我怯怯地望著莊儀程，這樣陌生的他令我感到既心疼又害怕，「你等很久了吧？把汗擦一擦後我們來吃甜點吧！蛋糕什麼的放太久也不好。啊，對了，我沒有買飲料，你不會介意吧？這間的千層蛋糕可是我最推薦的喔，你一定也會喜歡的！」我顫抖著勾起嘴角，故作輕鬆地轉移話題。

「妳剛才……聽到了多少？」

忽略了我劈哩啪啦講出來的話，他只是冷冷地看著我說。

「咦？」剛才？是指夢話嗎？我有些不解地看著他。

「我問妳剛才聽見了多少！」他厲聲質問我，幽黑的眼眸中掀起了滔天巨浪，我感覺耳膜被尖銳的話語刺痛著。

「就……『爸、媽』跟『不要』之類的。」右手緊緊揪著左手的袖口，我老老實實地對他招來，「其、其實也沒什麼啦！說夢話嘛，誰不會呢？我之前還夢到肯德基被吃完，然後哭著醒來呢，哈哈！」說完，我乾笑了幾聲，試圖緩和這詭譎的氣氛。

「嘖，該死。」

聽見我的回答，他的眼底閃過一絲慌亂。沒待我反應過來，他立刻站起身，胡亂抓起放在一旁的隨身物品，有些踉蹌地推開門朝樓下跑去。被他大力甩開的門撞到牆壁後狠狠地反彈回來，在重重關上的瞬間發出了刺耳的巨大聲響，震耳欲聾得讓我為之一顫。

這是……怎麼一回事？

我……該追上去嗎？

不知所措又茫然地愣在原地，追上去的念頭好幾次閃過我的腦袋，但我卻怎麼也邁不開腳步。

追上去了又能怎樣？

剛剛看他的反應好像很排斥我靠近，現在追上去也許只會讓情況變得更糟吧？

不過，他剛才出了好多汗啊，不知道身體狀況還好嗎？

還是先讓他靜一靜，等會兒再傳訊息關心一下他的狀況吧。

矛盾的心情充斥在我的心中，短短幾秒鐘的畫面在我腦海中不斷回溯播放。莊儀程和平時判若兩人的反應，讓我覺得方才所經歷的一切彷彿都是場夢。

*

事實證明，那天下午我所經歷的一切並不是場夢。

那一天，獨自被留在天臺上的我愣怔地盯著他離開的那扇門，好陣子後才靜靜坐回椅子上，把原本打算請他吃的蛋糕全部吃掉。不知道是因為在室溫下放太久，還是被心情影響了味覺的緣故，我總覺得那天的千層蛋糕吃起來索然無味。

在那之後又過了幾天，這段期間，儘管我不斷嘗試著去聯絡莊儀程──沒有詢問那天他到底發生了什麼事，僅只是傳些訊息問他身體要不要緊還有一如既往地分享生活大小事──但我卻再沒收到他傳來的訊息，就連天天去天臺也怎麼都碰不著他。

我感到一陣沒由來地心慌。

他會不會就此消失在我的世界中？

＊

當我回過神來時，我已經站在了烘焙材料店中擺放著各式食材的櫃子前。

在熟悉的走道中來回穿梭，將低筋麵粉、白巧克力、雞蛋，還有幾顆散發酸甜清香的黃檸檬等食材一一放進提籃後，我緩步走向櫃臺結帳。

那麼久沒來，這裡唯一改變的只有工讀生被換成了沒有見過的新面孔，除此之外，這裡大致上並沒有什麼改變。一樣的擺設、一樣品牌的材料，我甚至閉上雙眼也能指出哪類的食材擺放在店裡的哪一條走道的哪一格櫃子上。

店員將提籃中的東西一一取出，慢條斯理地用紅外線刷著條碼，我的目光隨著他的動作從提籃移到塑膠袋，又從塑膠袋回到提籃。一旁的自動門一有人經過便緩緩開啟，門外的熱風趁勢竄入，又在玻璃門闔上後被由上而下吹來的舒心涼風取代。

上一次來到這裡，已經是高二的事情了。

自國中畢業的暑假接觸到烘焙開始，我常一有空便來到烘焙材料行買材料，然後將自己關在廚房中，花上一整天的時間烘烤甜點。而在和羅以廷在一起之後，做甜點的頻率更是比以往高上了許多——除了考前以外的時間，每個週末，我幾乎都會做一種甜點給他品嚐。布朗尼、馬卡龍、檸檬塔、磅蛋糕、布蕾派、乳酪蛋糕、千層蛋糕，甚至是上面擺滿了新鮮草莓的生日蛋糕，我全部都親手為他做過。

我喜歡看他收到甜點時那抹驚喜的神情，以及他咀嚼著甜點時嘴邊那抹滿足的笑容。他笑起來的時候眼角的痣會隱沒在笑痕中，而他的嘴角會勾勒出完美的上揚弧度。他會一邊吃著我做的甜點，一邊伸手揉亂我的頭髮，說：「我的女朋友真厲害！」接著，將甜點遞到我嘴邊，嚷嚷著要我也嚐一口。

做甜點曾是我最大的興趣。

我喜歡看著甜點在烤箱中慢慢受熱膨脹，喜歡聞著自烤箱冉冉上升的濃濃香氣，喜歡小心翼翼地將樸素的甜點裝飾得賞心悅目。

只是到了後來，做甜點這件事情幾乎和羅以廷劃上了等號。

走到烘焙材料行，腦海中便會浮現出他說想要吃哪種甜點的臉龐；拿起攪拌棒，他說著我手巧、他怎麼都比不上我的撒嬌話語便會在耳邊響起；做出了成品，我滿腦子想著的都是「不知道他會不會喜歡吃呢？」

也因此在他離開之後，我便不願再做甜點了。

拿起麵粉會哭，揉麵團會哭，自己吃做出來的成品會哭，那樣的過程太痛苦，以至於我寧願犧牲所愛，也不願讓它變成痛苦將自己反噬。

用大自然來比喻的話，大概就是類似於壁虎斷尾求生的機制吧？

然而那些過往如今都已不再重要。此刻的我，腦海中所想的不再是悲傷的回憶，而是那天眼底閃過一絲脆弱的莊儀程。

久違地再次穿上圍裙，俐落地伸手將它在背後打了個蝴蝶結，我將頭髮高高紮起，把雙手給仔細沖洗乾淨。

將麵粉、杏仁粉、糖粉一一過篩，把雞蛋攪拌成蛋液，無鹽奶油則和著糖粉拌至軟化，最後將所有材料和在一塊後放入冰箱冷藏。

我已經整整四天都沒有收到他的訊息了，所有傳過去的訊息和打過去的電話就像是石沉大海一般，杳無回音。再這樣拖下去的話，我恐怕就得上臺北去了，之後就算有再回來，能去天臺上的時間恐怕也是有減無增，若是他依舊像現在這般不願回我訊息的話，我和他之間大概就真要斷了聯繫。

因此我決定，無論如何都要作最後的掙扎。

將檸檬屑磨到砂糖中，加入全蛋與檸檬汁後不停攪拌與隔水加熱，接著將加熱好的液體倒入白巧克力中拌勻，最後將軟化後的吉利丁與奶油加入混合後冷藏。

把冷藏好的麵團取出，烘烤成一個個塔皮後刷上一層薄薄的白巧克力，將檸檬餡一一填入後便完成了我的拿手甜點，同時也是莊儀程最喜歡吃的檸檬塔。

走出廚房，將自己狠狠摔進軟綿綿的沙發中，我粗魯地撩了撩領口，想要將方才在廚房所蓄積的熱氣給逐出體外，於此同時，視線也落到了被我放在桌上的手機上。

「你身體好點了嗎？剛才你身體看起來不太舒服。」

「今天在天臺上也沒看到你，不會是天氣太熱避暑去了吧？哈哈。」

「我今天是下午才去天臺上的，有看到跟你上次拍的一樣美麗的夕陽喔！不過我用手機拍出來後才發現成品跟你差有夠多的，之後見面時再教教我怎麼把它拍下來吧。」

坐起身，我滑開螢幕點入與莊儀程的對話視窗。這幾天傳給他的訊息映入眼中，毫無意外地全都是未讀。

我沉吟了好半晌，手指在鍵盤上飛快跳躍。打了又刪，刪了又打，最後僅僅輸入短短幾行字後便按下了送出。

「明天我有很重要的事要跟你說。不論要等多久，我都會等到你出現為止。老地方見！」

我知道你一定會來的。

就賭上這一次了。

嘆了口氣，我再次將自己埋進沙發中。

*

不知道他什麼時候會來呢？

坐在樹圍椅上，我屈起雙腿，將整個人縮在樹蔭底下，盡可能避開正午日光火辣辣的直射。不幸的是熱氣仍舊不斷從四面八方襲來，我只得無力地用手扇著風，感受著衣服被黏膩汗水給浸透的噁心觸感。

混蛋莊儀程，天氣那麼熱還不趕快出現，一會兒非得先扒了你兩層皮不可。

我像是在瞪著莊儀程般狠狠地死盯著身旁的橘色保冰袋。

今天，我早早便將昨天做好的檸檬塔從冰箱中取出，拿了其中做得最美的幾個放入了保鮮盒。

原本是打算將它們放在自材料行一併購入的紙盒與提袋中，但是轉念一想，萬一他出現的時間比我還要晚上許多，檸檬塔在室溫下放久壞掉就糟了。於是我只好將它們放進保鮮盒中，輔以乾冰還有保冰袋的加持，希望屆時他吃到的檸檬塔仍舊如同剛拿出冰箱般冰冰涼涼的。

將臉無力地埋進了屈起的雙腿間，我無力地哀號著，「好熱喔……」

如果他真的不出現的話怎麼辦？我不會就這樣在這裡熱到中暑沒人發現吧？我突然有些絕望地想著。

不對，他一定會出現的！鐵定是被什麼事情給耽擱到了，還是再等會兒吧。

用力搖了搖頭，我自心底告訴自己不要胡思亂想。

就在我開始感到一絲睏意，忍不住搖頭晃腦地打起盹來時，門被推開的聲音傳入耳中，我頓時為之一振。迅速地轉過頭，站起身來，只見推開的門縫中探出了一抹身影——

是莊儀程。

他果然來了，我就知道他一定會來。

欣喜、委屈，以及各種複雜的情緒瞬間湧上心頭，我突然感到想哭。

在視線觸及到我之後，那抹高挑的身影明顯頓了頓，嘆了口氣後，那人才緩緩向我走來。

「天氣這麼熱，為什麼不先進去躲一下？萬一中暑了我又沒來怎麼辦？笨死了。」

說著，他在我身旁坐了下來，視線落在遠方。我們之間隔了一小段距離，但我仍舊開心得無法自抑。

無法克制地望著他的側臉、他的髮絲、他的眼眸、他的鼻梁、他的嘴唇，我在心中一遍遍地描摹著，像是要將他的一切狠狠刻在腦海中一般。

天知道這幾天我有多想他？

「因為我知道你一定會來啊，嘿嘿。」

他沒有回話，有好一陣子我們就這樣坐著。

我在腦海中想了各種開場白，包括「你最近過得好嗎」、「猜猜我給你帶了些什麼」、「你讓我擔心死了」等等，但真要開口，卻又覺得該有更好的字句。

啊啊——不管了，先隨便說些什麼吧！

「那個——」

「對不起。」

他突然開口，打斷了我甫要脫口而出的話語。

「咦？」

我看見他的右手緊握，隱約有些顫抖。

「對不起，那天在這裡那樣兇妳；對不起，這幾天一直沒有聯繫妳；對不起，讓妳在這上面等了那麼久……」

沒有料到他會是這般反應，我雙唇微張，只能愣愣地望著他。

我還以為他這幾天是生我的氣了。

「所以……你不是在生我的氣嗎？」我下意識地抿了抿乾澀的嘴唇。

「抱歉啊，讓妳有那樣的感覺。」他苦笑，語帶歉意地接續道：「我那天中午只是作惡夢了，夢到了些……不太愉快的東西，所以醒來的時候狀態不太好，忍不住就對妳歇斯底里了。我不是對妳生氣，只是……不想被妳看到那樣的自己吧，抱歉。」

他望向我的眼神裡混雜著各種我辨別不出的複雜情緒。

「那你這幾天為什麼不聯繫我？」我吸了吸鼻子，如釋重負之餘卻又感染到了他的憂傷。

他頓了頓，低下頭來，好片刻才說：「我不知道怎麼面對妳。那幾天我的心情很亂，我不知道要怎麼跟妳解釋，又怕自己情緒不穩定會忍不住傷害到妳，所以……」

「你是白癡嗎？」

聲音頓時拔高，我拉起他放在身側的手，顫抖卻堅定地握著，雙眼直直望進他的眸中，「我不要什麼解釋，我只想知道你好不好；我不怕你傷害到我，我只怕你從此之後不再理我。我們不是朋友嗎？你說你是在用自己的方式依賴我，那就不要自以為是地避開我，老老實實地依賴給我看啊！你以為你是少女漫畫還是偶像劇裡的男主角啊？你真覺得我有那麼容易受傷嗎？少瞧不起人了！」說著，眼淚不自覺地從眼角滑落，但我並不打算放開他的手來擦拭淚水，只是任由眼淚靜靜流淌。我粗喘著氣，胸口因為一口氣喊出了一大段話而有些上氣不接下氣地起伏著。

「還說我笨，你都不知道我這幾天有多擔心你，你才是超級大笨蛋。」緊咬下唇，我抽抽噎噎地說著。

就在那瞬間，他的眼框也湧出了淚水，黑色的眼眸被洗刷得只剩下一層脆弱的灰。他一把將我拉進懷中，箍緊了手臂像是要將我狠狠嵌入自己的身體一般。我感覺到胸口疼痛發脹，一瞬間難以呼吸。

「我只是……很害怕。」

他的聲音細如蚊蚋，我感覺到他的身子輕微地戰慄著，肩上的衣服布料也被他的淚水給沾濕了些許，「對不起……」他說。

將頭埋在他的頸間，我雙手緊緊環住他的身子，像是在安撫著嬰孩般輕輕地拍撫著他的身軀。

「有我在呢，沒事了。」我在他耳邊輕聲說著，「有我在呢。」

「啊啊——可惡，還真是丟臉呢。」

他的眼角仍舊不斷沁出晶瑩的淚珠，然而這一次，他的嘴角卻揚起了抹淡淡的笑容。

我們就這樣在天臺上緊緊相擁，過了好片刻後他才緩緩鬆手，一手抹去眼角殘存的淚珠，一手撓了撓臉頰，「這種情形還真有種既視感啊。」他試著勾起嘴角，淚痕卻讓他的臉頰繃得有些僵硬。

「是吧？就說你太小看我了，你口中的愛哭鬼可是也有安慰別人的能力呢。」我也用手指拭去淚水，然後語帶得意地笑著說，「啊，對了，光是一直講話，害我都差點忘了……」

赫然想起今天約他出來的其中一個目的。側過身來，我雙手捧起放在身側的橘色保冰袋，將它遞到莊儀程眼前，「吶，這是欠你的甜點。」

「欸？」他登時一頓，「給我的？」他指著自己，滿臉疑惑地問。

「懷疑啊？」我將保冰袋塞到他手中，「當然不是那天的啦，那些蛋糕我早就自己吃掉了，沒吃到那麼貴又好吃的千層蛋糕可真是可惜呢，哼哼。」

見他盯著手中的袋子遲遲沒有動作，我推了推他的手臂，「快打開看看啊。」

等不及見他打開盒子的神情，我愉快地踢著腿，雙手撐在身側，兩眼直勾勾地盯著他看。

「呃？喔……」見狀，他這才回過神來，拉開保冰袋的拉鍊，將裡面的保鮮盒取出。保鮮盒上面凝結的水珠順著盒壁滑落，看來保冰的效果還算不錯。

他喀地一聲打開了保鮮盒，望向盒內的神情頓時變得複雜。

欸？怎麼了嗎？該不會是因為碰撞所以塔被撞壞了？

我擔心地湊過去看，但並沒有看出什麼異常的地方。

沒什麼問題啊，檸檬塔看起來都十分完整與美味，那問題是出在哪？他怎麼會是這種的反應呢？

「這是……妳做的？」

他緩緩抬起頭，聲音聽起來悶悶的，彷彿有硬物哽住了喉頭一般。

「嗯，是我做的，怎麼了？」

他沒有回話，只是逕自拿起了其中一個檸檬塔放入口中。

我緊張地望著他。

應該不會是壞掉了吧？難不成是塔皮軟掉了？不應該啊，我記得我都有先刷了層白巧克力……

我在腦海中反覆思考著讓他露出這番反應的原因。只見他吃了約莫半個檸檬塔後，突然別過頭去，手捂著嘴，肩膀也微微抽動著。

不是吧？雖然我是很久沒做了，但我做的甜點應該沒難吃到這種地步吧？

啊，難不成是放太久所以壞掉了？

嚇得趕緊站起身來，我跑到他面前去，有些慌亂地說著：「抱、抱歉，大概是在室溫放太久所以壞掉了吧？你就別吃了，我下次再做新的給你！」因為他掩嘴低頭的緣故，我看不清他的神情，只能在一旁乾著急。

「噗哧——」

我話一說完，他便鬆開手，抬起頭來。我看見他的眼眶紅紅的，還有些濕潤，「妳在胡思亂想什麼啊？妳做的檸檬塔沒壞，而且非常好吃。真的，很好吃。」

「那你……？」為什麼是那樣的反應？

「只是，已經好久沒有人為我這樣做了，很感動，所以……」說到一半，他抬起左手，用手背抹了抹眼角，吸了吸鼻子後才又接著說了下去，「真糗啊，最近一直讓妳看到我失控的樣子。」

知道他不是因為我做的甜點壞掉或是太難吃而做出那番反應後，我鬆了口氣，「才不會呢，你願意在我面前展現出自己的各種樣子，讓我覺得自己跟你的距離又拉近了些，有點開心呢，嘿嘿。」我伸出右手，彈了下他的額頭。

「喂，很痛欸！」他捂著額頭怪叫著。

「這是對你這幾天不讀不回的報復。」我雙手叉腰，盛氣凌人地看著他，「好啦，快吃吧。放太久的話小心吃了拉肚子。」說完，我又坐回他身邊，望著他的側臉擺了擺手，示意他將手中的檸檬塔吃完。

他聽話地將吃到一半的檸檬塔放入口中，一邊又拿起盒中的另一個檸檬塔作勢遞給我，「妳也吃一個吧？」

「我就免啦，家裡還有一些。再說啦，我實在不太敢吃自己做的檸檬塔。」揮手以示拒絕，「自己做就知道用的是生蛋，吃起來總有股莫名的抗拒感。」

「那別人做的？」

「那就沒問題啦，反正也沒看到他們是怎麼做的。」我聳了聳肩。

「怪人。」他輕笑，過了幾秒後像是突然想到什麼般，小心翼翼地開口：「對了，我記得妳之前說過不再做甜點的了，現在……沒問題了嗎？」

「唔，這個嘛……」我嘟起嘴來，將伸直的雙手十指交疊反折，伸了個懶腰，釋然一笑，「應該沒問題了吧？還不都是因為你，光是擔心你我就沒空想他啦。」

「現在最重要的是眼前的你，而不是過去的他。我只希望你吃了我做的甜點可以打起精神。」

「我不知道你在煩惱些什麼，又是在難過些什麼，但無論如何，我只希望你可以好好的。」我對他偏首微笑，「這樣一想，回過神來，做甜點就不再是件那麼難過的事啦。」

他先是愣怔地望著我，過了片刻，一個好聽的單音才自他的喉嚨中發出。

「嗯。」

我看見他濕潤的黑眸中流淌著溫暖的笑意。

我也笑了。

如果可以，我真希望他能永遠像現在這樣開心地笑著。

第七章　世界真是小小小

世界太小，小到不論走到哪個角落，我們都能夠再次相遇。

「阿嬤，我要出門囉。」

站在大門口，我緊握著阿嬤的雙手，眼睛不自覺感到有些酸澀。

縱使心裡有萬分的不捨，離開家裡的這天終究是來臨了。

儘管這個暑假我抓緊了所有能跟阿嬤相處的時間——在阿嬤弄完水餃餡後與她一起包水餃，陪阿嬤一起看八點檔罵壞女人和爛男人，和爸爸帶阿嬤出去喝下午茶——我總覺得我和阿嬤之間還是有那麼些沒由來地生疏。我不擅於開啟話題，而阿嬤也鮮少主動和我說些什麼，因此我們常常只是安靜地一起待著。

「妳阿嬤她就算沒說什麼，我想只要妳願意陪陪她，她就很開心了吧？」

當我向子晴訴說自己的困惑時，她只是扭頭看了我一眼，然後又繼續專注於手裡塗指甲油的動作，「不是所有牽絆都需要依賴言語才能維繫的。」她說。

某方面來說，我算是挺認同她的說法，但總還是會嚮往那種能與家人暢談所有的關係。笨拙如我總是無法順利開啟並延續話題，而機會也就在一次次的欲言又止中悄悄自指間溜走。

沒關係的，只要以後多多回家，慢慢嘗試的話總會有辦法吧？

如是想著的我，在心底暗自下定決心，只要學校那邊沒事的話就週週回家。

阿嬤回握我的手，那雙充滿皺褶的大手粗糙無比，「到臺北記得打電話回家跟妳爸說一聲，還有阿嬤給妳切的水果等會兒路上記得吃。啊，平時青菜和水果也要多吃點喔，不要像在家裡那麼挑食。衣服也要記得穿夠……」

曾經比我還要高上許多的身影，如今已經因為駝背而比我還要矮上了許多。

聽到「衣服要穿夠」這句話，我終於忍不住打斷了她的叨念，「阿嬤，現在是夏天。」說著，我不禁失笑，心裡卻感到暖融融的。

「阿嬤知道啦，反正在臺北一個人生活要好好照顧自己。妳不是跟妳們班那個小晴還什麼的讀同一間學校嗎？有緣繼續在一起記得要互相照顧喔，知道嗎？」

「知道啦。阿嬤妳別擔心，妳自己的身體也要照顧好喔。」

「苡孟啊，時間差不多囉，再不快點就要趕不上高鐵了。」喇叭聲傳入耳中，只見一輛轎車停在圍牆邊，爸爸將頭探出車窗外向我喊道。

「那阿嬤，我就出來去囉，之後週末我會常回來的。」提起了放在腳邊的包包——大件行李已經先寄去宿舍了，我只需要再將一些隨身物品帶上去就好——我一面和阿嬤揮手道別，一面坐進了汽車。

「路上多注意一點啊。忙的話就留在學校，有空再回來。」她笑著對我揮了揮手，溫暖的笑意深陷在眼角的皺紋裡。

關上車門後，車子緩緩駛離了家門口，過沒多久，阿嬤的身影就在回望的我眼中慢慢縮小，最終再也看不清了。

「有空記得多回家啊，妳阿嬤會很想妳的。」爸說，他的聲音在收音機的音樂干擾下有些模糊，但我確實聽見了。

「嗯。」我說。

車窗外的風景隨風而逝，直到二十分鐘後車子緩緩在高鐵站前停了下來，我才發現，我已經開始想家了。

*

不似國高中有全校師生強制參加的開學典禮，大學免去了學生出席這般繁冗程序的義務，學生們只須在當天於表定上課時間出現在各自的教室就好。

除了毋須參加開學典禮這項差異之外，課程的安排也被賦予了相當的自主性。為了方便回家，我特意將週一早上和週五下午的時間都空了出來。

也許是開學第一週的緣故，及至目前為止，頭三天的課程都還只是簡單的課程介紹與閒聊，有的老師甚至講完課程介紹後便早早讓同學們下課離開了。

「妳們這兩天過得如何？上課還好玩嗎？」

週三晚上，尹修、子晴與我約好了一起吃飯。坐在板凳上，我們三人圍著方桌各據一方，桌子中央擺了盤炒高麗菜和一壺塑膠水壺裝著的冰紅茶，我們各自大啖著面前的餐點。

晚餐時刻，這間位在學校外面街上的小餐館人聲鼎沸。服務生手中拿著一盤盤香氣四溢的食物穿梭在一桌又一桌的客人間，忙碌的腳步沒有一刻停下來過。

「還不錯啊。教授要嘛都在閒聊，要嘛很早就放我們離開了。」說完，我拿起塑膠湯匙舀了匙粒粒分明的炒飯送入口中，感受著蛋香和火腿的鹹味在口中擴散開來。

「哈哈，我也是。有一堂通識課的老師更扯，第一週直接宣布停課的。」尹修笑著說。他在開學前將一頭黑髮染成了淺褐色，然而他並沒有順便將本來就略長的頭髮給剪短，而是將它們在後腦杓下緣綁成了一撮，搭配起他細緻的五官與講究的穿著，看起來還真有幾分雅痞。

子晴聽完抬起頭來，眼睛睜得老大，塞滿食物的嘴巴激動地發出了唔唔聲，在意識到自己講出來的不是人話後，她才猛地將掛在嘴邊的炒麵給吸入口中，說：「欸？不公平啊，為什麼我們系上的教授都已經開始正式上課了？」

「高材生嘛，總是要比別人用功一點囉。」尹修聳了聳肩，拿起手邊的塑膠杯啜了口紅茶，「不過妳時差已經調整過來了？不是前幾天還待在德國嗎？上課沒有打瞌睡？」

「當然沒有，我可是每堂課都聚精會神地抄了滿滿的筆記呢！」她得意地哼笑。

「我是不在乎妳上課有沒有打瞌睡啦，我在乎的是——」朝她勾了勾手指，我說：「禮物呢？」

「喂，都一陣子沒見了，妳在乎的竟然只有這個？太無情了吧。」子晴故作不滿地嘟囔道，作勢用手中的筷子戳我的臉頰，在被我俐落地躲過後不服氣地哼了聲，「哼，看在本小姐寬宏大量的份上，就不跟妳計較了。」說完，她擱下竹筷，低下頭在腿上的包包裡翻找起來，沒多久，她的手上便出現了兩盒巧克力。

「可別說我對你們不夠好啊，本小姐可是早就都準備好了。吶，拿去吧。」晃了晃手中包裝精緻，一看就知道價格不斐的巧克力，子晴將其中一盒遞給尹修，另一盒則輕敲在我的額頭上。

若是平時，我大概會不滿地怪叫起來，但美食當前，所有不滿都顯得微不足道。我趕緊將巧克力接過，感激涕零地說：「嗚嗚，感謝子晴大人，我會懷著感恩的心畢恭畢敬地把它們吃掉的。」

「少噁了！」她噗哧一笑，拍了下我的後腦杓。

「對了，趁著剛開學我們都有空，不如待會兒我們一起去喝酒聊天？」將手中的塑膠湯匙擱在餐盤上，尹修拍了下手，興沖沖地搓手說道。

「唉，這回我就先pass啦，明天還有早八呢。」子晴嘆了口氣。

「欸？不過是聊一下天，至於嗎？」尹修驚訝地瞪大了雙眼，用看怪人的眼神上下掃視著子晴。

子晴將最後一口炒麵放入口中，又嘆了口氣，「可以的話我也想和你們續攤啊，但是和你們聊天的話肯定會忍不住聊到很晚，明早那堂課的老師剛才又通知我們，說是第一堂課沒出席的話就把我們退課，所以我絕不能冒任何一絲可能睡過頭的風險。」她嘟著嘴，用筷子不甘心地戳著殘留著些許醬汁的空盤。

「真慘。」我對她投以憐憫的眼神，接著轉過頭，笑嘻嘻地對尹修說：「我明早十點才有課，算上我一份。不過，事先聲明我可不喝酒喔。」

「知道啦，乖寶寶，妳就喝妳的可樂吧。」

子晴在一旁哭喪著臉，哀怨道：「喂，你們真要那麼無情地排擠我喔？」

「是妳自己待會兒不行的啊。我明晚有事，苡孟則是後天要回家，妳說呢？」

「討厭，那下次記得算上我一份喔！」她高高嘟起的嘴巴彷彿可以吊上好幾斤豬肉。

「好啦，下次我們再提早喬好時間。今晚就我跟苡孟先喝，順便趁妳不在說妳壞話和八卦。」

「喂！」

我笑著望了眼鬥嘴的他們倆，然後拿起餐盤，打算用湯匙將最後一口炒飯掃進口中。然而就在我仰起頭，張開嘴巴用湯匙掃了些飯粒到口中時，一道熟悉的呼喊聲竄入耳中。

「苡孟？」

不是吧？

這人怎麼會出現在這裡？

驚訝地瞪大了雙眼，我猛地將手中的餐盤放下欲看清來者，卻被掉進氣管中的米粒給嗆著了。

「咳咳——」像是要將肺給吐出來一般，我彎下腰來劇烈地咳嗽著。一手摀著肚子，一手用力拍撫著胸口，我的眼角被強烈的不適感給嗆出了幾滴淚水。

「妳幹嘛？」子晴見狀趕緊也拍了拍我的背部，尹修則是愣愣地看著我，還沒反應過來。

沒有餘裕回答她，我只能強忍著想要咳嗽的衝動勉強抬起頭來。

「嗨。」

那抹身影映入眼眸，他的臉上掛著熟悉無比的笑容。

真的是他。

為什麼他會在這裡？

就在我疑惑地愣在座位上，依舊有些狼狽地間或咳嗽著時，那人邁開腳步向我走來。

真的是莊儀程。

「吃飯吃到嗆到，妳是餓太久了嗎？」他嘴上毫不留情地吐槽著，手卻溫柔地拍了拍我的背。

「嘖，我都嗆到了，你不嘴賤一下是會怎樣喔？」偏首瞪他，不適感的催化下，他的調侃將我滿腹的疑惑和訝異化為了毫不友善的言語。我感受到自子晴和尹修投射而來的探詢目光，然而他們誰都沒有開口，只是欲言又止地望著我們。

好不容易緩解了想要咳嗽的感覺，我趕緊拿起桌上還沒喝完的紅茶喝了一口，舒了口氣後才對他挑眉問道：「為什麼你會出現在這裡？」

「我？買晚餐啊。」他一臉理所當然，手裡拎著裝著兩個便當盒的塑膠袋晃了晃，「好像有不少人推薦這家的炒飯，所以我就打算買來嚐嚐囉。」

等等，你搞錯重點了吧？誰問你這個啊？

我忍不住翻了個白眼，正張開嘴打算吐槽他時——

「呃，苡孟，他是誰啊？妳要不要介紹一下？」子晴終於耐不住性子，附在我耳邊小聲說著，同時還偷瞄了幾眼站在我身旁的莊儀程。

「喔，他喔？他是——」

「等一下，你是……莊儀程？」

嗯？

這是什麼情況？

我甫做出了「ㄓ」的嘴型，連個音節都還未從口中說出，他的名字就已經從另一個人的唇齒間迸出了。一陣愕然，我訝異地望向打斷了我的尹修。

奇怪，我不記得自己跟他們倆說過莊儀程的名字啊？

他這種反應，莫非是他們倆早就認識了？

「呃，我是啊，那這位同學你……？」莊儀程同樣有些困惑地望向了坐在我對面的尹修，他皺緊眉頭，在凝視了尹修好半晌後登時睜大了雙眼，「你是……葉尹修？」

「我的天啊，真的是你！」

尹修一把從椅子上激動地跳了起來，紅色的四腳塑膠椅被拖曳出略為刺耳的粗啞聲響。他一個箭步上前，雙手搭在莊儀程肩上一個勁地猛搖著，「媽呀，真的是好久不見了欸！你國中畢業後怎麼就跟大家斷了聯繫啊？同學會也不來參加，你到底是在搞什麼鬼？你不知道大家都很想你嗎？阿豪跟毅傑他們整天都在叨念你欸！你怎麼這麼不夠意思啊？」一口氣說了一大串，還沒等對方回應，他旋即一個彈指，像是想到什麼般又補充了句：「對了，你跟蔓娟最近如何啊？」說完，還一臉曖昧地對他眨眼。

他說「國中畢業」？莫非他們同國中？

還有，他口中的「蔓娟」又是誰？

此刻，場面已然變成我跟子晴倆愣在一旁茫然地望著他們。

我隱約注意到莊儀程臉上的表情有那麼一瞬間變得僵硬，但很快又回復了正常，讓我有些懷疑自己是不是看錯了。

「啊，這個嘛……說來話長啦。總之我也很想你們，哈哈！」說完，他指向尹修的一頭褐髮，「你變了好多喔，害我一時之間沒有認出來。」

「我？我還好吧？倒是你，還真是一點都沒變啊！對了，我跟苡孟等等要去續攤，看你們倆好像好像也認識，要不你也一塊兒來，我們順道好好敘個舊？」尹修開心地笑著，眼睛彎成了兩道新月。

莊儀程不知為何看起來有些為難，然而還未開口，他口袋中的手機便響起了輕快的旋律，「抱歉，我接一下電話。」對我們歉然一笑，他旋即掏出手機放到耳邊。

「喂？喔，買到啦。在路上碰到熟人聊了一下。嗯，我現在就回去。」

簡短地通話完後，他掛斷電話，拍了拍尹修的肩，「抱歉啦，我室友在等我順道帶晚餐回去，再待下去便當就要冷掉啦。有機會我們再另外找時間敘舊吧。」

「欸？這麼趕喔？」尹修看起來很是失望，但仍舊對他勾起嘴角，「那好吧，這次就先放過你，下次再記得一起喝一杯和打球喔。」

「嗯，那我就先走啦。」說完，莊儀程猝不及防地揉了揉尹修的褐髮，頭髮亂掉的尹修怪叫著向一旁跳開，惹得他一陣輕哂。末了，他也回過頭來朝我揮揮手，說：「掰掰。」

「呃，掰掰。」儘管還是搞不清楚狀況，我仍舊回以他揮手以及微笑。

望著他離去的背影，此刻我的心裡只有一句話——

所以，剛才到底是怎麼一回事？

莊儀程才剛離開沒多久，一名穿著圍裙的服務生便走到了我們桌旁，臉臭得不得了地說：「不好意思，同學，請問你們吃完了嗎？後面還有幾組客人在等喔。」一邊說著，他一邊收拾起桌上的餐盤，完全沒有要讓我們繼續待下去的意思。

儘管他的語氣極其糟糕，聽起來也一點都沒有「不好意思」的意思，但畢竟是我們在巔峰用餐時間吃完飯還留在位子上閒聊，或多或少理虧在先，只得客氣地向他道歉：「啊，不好意思，我們吃完了。」

語帶尷尬地說完後，我們三人趕緊溜到櫃檯結帳。

*

「所以剛才到底是怎麼一回事？有沒有人可以跟我解釋一下那人是誰？怎麼搞得好像全天下只有我一個人不認識他一樣？」

走在我們前方幾步的子晴突然轉過身來，雙手環胸，瞇起漂亮的眸子質問起我們。

晚風的吹拂中，我們三人一齊走在皎潔的月光下，打算陪子晴走回宿舍後順道去宿舍外的超商買酒——當然是只有尹修要喝的。

「他喔？他叫莊儀程，是我國中時挺要好的一個朋友。不過國中畢業後，他不知道為什麼突然就和大家斷了聯繫，所以今天能在這裡碰到他還真是挺驚喜的。」尹修笑著說，眉宇間流露出滿滿的懷念之情。

「可是不只是你，他看起來也認識苡孟啊？」她的視線轉移到我的身上，又問：「我跟妳認識了那麼久，怎麼都沒聽說過妳有這樣一個朋友？」

「咦？對欸，為什麼妳會認識阿程啊？」

他們倆探詢的目光瞬間聚集在我身上，令我頓時感到一股不明所以的緊張。我咽了口口水，說：「雖然我沒向你們提過他的名字，不過，之前說過我在當志工時認識了一個朋友吧？那個人就是莊儀程。」

我曾在某次閒聊中和他們提起過這件事，但當時的我並沒有提起莊儀程的名字——畢竟，誰會料到莊儀程是他們倆其中一人的舊識呢？

「聽妳這麼一說，好像還真有那麼一回事。」子晴若有所思地點了點頭，「不過這世界還真小啊，你的國中同學是她的新朋友，然後你們三個還在家鄉以外的城市三個同時碰在一塊兒。這樣看來，人果然還是不可以做壞事的，嗯。」

「這什麼結論啊？」我不禁啞然失笑，無奈地拍了下她的肩膀。

「因為不管到哪裡都會遇到認識的人，所以做壞事的話很容易就會被抓到啊。」她一臉認真地解釋起我其實沒很想理解的理論。

「好啦，感謝妳的精闢解說。宿舍到了，慢走不送啊。」在宿舍門口停下了腳步，我敷衍地朝她擺了擺手，示意她趕快進去。

「呿，我很認真欸。」她對我做了個鬼臉，「那我先進去囉，妳自己注意安全啊。」

「知道啦，我們會儘早講完妳的壞話和八卦的。」

「喂！」

*

「剛才還真是難得，好久沒看到你那麼激動的樣子了。」

我覷了眼身旁的尹修，一邊啜了口手中的可樂。鮮紅色的瓶身上綴著幾滴象徵冰涼的水珠，我輕輕搖晃著手中的鋁罐，沒想到即便方才已經喝了幾口，瓶身中甜膩的焦糖色液體仍舊隨著搖動噴濺了出來。嘖了一聲，我伸手將它隨意抹去。

在超商買了兩罐啤酒和一瓶可樂後，我跟尹修來到距離學校約莫十分鐘路程的河堤上。意思意思地拍了拍地面的塵土後，我們倆席地而坐，眺望著河流倒映出的城市流光，有一搭沒一搭地聊著。

「怎麼可能不激動啊？」他眼睛睜得老大，嘴角揚起一抹大大的笑容，說：「我跟他可是已經整整三年沒見了欸！整整三年！我們國中時可要好的——當然不只是我跟他，我們一群男生成天下課就是一窩蜂地往球場跑，還會一起想方法整老師或翹課之類的。現在想想，真的是好懷念啊。」他的目光落在遠方，仰頭灌了口手中的啤酒，「啊，喝完了。」將手中的鋁罐捏扁，他又將手伸進一旁的塑膠袋中掏出另一罐啤酒。

喀——

扳起環扣的清脆聲響在晚風的吹拂中依舊清晰可聞。

「是喔。」我若有所悟地點了點頭，又問：「那他國中時是什麼樣子啊？」

當你很要好的朋友跟你另一個很要好的朋友也是很要好的朋友，你便會忍不住好奇起他們曾一起度過的時光。

另一方面，其實我也有點在意「蔓娟」這個名字。

只是有點，真的只是有點。

「嗯？妳說國中時候的阿程嗎？」他灌了口啤酒，但是動作太猛，有些啤酒順著他的嘴角流下，他不以為意地用手背擦了擦，「那時候的阿程人很好，長得又挺帥的，很受大家歡迎——當然還差我一點啦。」他撓撓臉頰，一臉「真的很害羞」地說出如此不害臊的話，讓我忍不住白了他一眼。

「誰要知道這個？」

「唉唷，那麼猴急幹嘛？我這不就繼續講嗎？」心情大好的他，講起話來實在是有夠欠揍，「其實當時我們班上一群男生都很要好。像妳剛剛聽到的阿豪啊、毅傑啊，我們跟阿程平時都會一起打球，然後幹一些國中生最愛做的中二事。妳也知道男生嘛，一起打個球、對老師惡作劇個幾次，自然而然就變成好友了。但除此之外，阿程的個性又很好——像是他當時明明是我們班上的第一名，卻沒有一點驕傲的感覺，甚至還會犧牲自己的時間為我們這群課業比較沒那麼好的複習。雖然最後也不是戲劇性地大家都考得很好，但有人真的因為他的指導而進步不少。啊啊——真要講的話一時之間根本講不完啦。」

莞爾一笑，聽著尹修的描述，我忍不住想像起莊儀程在球場上穿梭還有在書桌前振筆疾書的模樣。

「不過，說到考試……不知道為什麼，基測前阿程的樣子有點奇怪。」尹修從原本的滔滔不絕瞬間變得有些欲言又止。

「奇怪？」

「嗯，他在基測前一陣子整個人就像變了個人似的——以前整天笑嘻嘻的，到了後來整個人幾乎沒有什麼表情。下課也不跟我們打球，成天就是趴在自己的位子上，像是要隔絕全世界一樣。」

我驀地一怔，「你知道他發生了什麼事嗎？」

尹修搖了搖頭，「我還記得有一次我實在是太擔心他了，就坐到他前面死賴著不走，問他最近怎麼了，要他跟我講講話，結果他只是抬起頭來對我虛弱一笑，說：『我很好，再讓我多睡一會兒。』」

「我原本以為他是因為大考將近而感到焦慮，因為熬夜讀書而精神不好，可是，最後他竟然出乎意料地只上了第二志願——當然也不是說第二志願不好，但是就算他再怎麼失常也不可能會發生這種事才對啊？當時我們可是平均一個班就有至少有五、六個人能上第一志願呢。」他又停頓了下，「而且照和他考上同間學校的同學所說，他好像進去沒多久就轉學了，沒人知道他轉去了哪。不只這樣，畢業後他好像就把手機號碼什麼的都給換掉了，就算我們幾個朋友想要聯絡他也怎麼都聯絡不上。這整件事情一整個就很不正常，但我也不知道他到底發生了什麼事。」

「這樣啊……」

「那……妳最近認識的阿程，他還好嗎？」他投以我有些憂慮的目光。

「應該……還不錯吧？」想起他前陣子的模樣，我語帶保留地說。

「是嗎？那就好。」尹修對我和煦地笑了笑。

過了片刻，我才刻意用極輕極淡的口吻問起了讓我有些在意的問題：「對了，你剛剛和他說話時好像還有提到一個名字，那個人又是誰啊？」

「嗯？什麼名字？」尹修一臉不解地看著我。

「就，什麼娟的啊。」我感到不自在地說著，一邊低頭玩起自己的手指。

他愣了幾秒，然後才恍然大悟，「喔，妳是說蔓娟？幹嘛這麼好奇？妳喜歡他啊？」說完，他一臉玩味地盯著我，嘴角勾起了抹意味深長的笑容。

「你、你瞎猜個什麼啊？我這不就只是有些好奇嗎？你不說就算了。」我支支吾吾地反駁著。

「妳才是那麼激動幹嘛？我說就是了嘛。」他一如既往的笑容在我眼中瞬間變得異常刺眼，「她是我們國中的同班同學，也是阿程的女朋友啊。」

女朋友？莫非是那個劈腿的前女友？

我心中頓時一陣五味雜陳。

「她——喔，就是徐蔓娟啦，蔓娟雖然不是班花那一型的，但長得嬌小可愛——我記得身高才一五多吧？人也挺開朗活潑的。」

徐蔓娟，這是哪個年代的名字？我在心中嗤了聲。

尹修覷了我一眼後又補了句：「跟妳算是不太一樣的類型吧。」

「關我什麼事啊？」我惡狠狠地瞪了他一眼，而他只是聳了聳肩，不置可否。

「不過……莊儀程跟我說過他有個前女友。」我斟酌了好半晌才決定跟他提起這件事——雖然那是莊儀程的隱私，但倘若徐蔓娟真的是他劈腿的前女友，像剛才那樣被尹修大剌剌地提起，感受應該不會好到哪去吧？

「啊？前女友？不是吧？他們分了？」尹修臉上再次浮現震驚的表情，「那我剛才還在他面前一臉賤樣的提起？啊啊——我到底在幹嘛？」他抱頭崩潰地哀號著。

「唔，可是你又不知道這件事。」

「唉，但願他也是這麼想的吧。」

尹修嘆了口氣，拿起啤酒喝了一大口，不再接話。

第八章　我們到此為止吧

那抹已然褪色的身影，在泛著暖黃光的路燈下，再次鮮明了起來。

「所以，剛才你到底為什麼會出現在那裡？」

那天晚上一回到宿舍，我立馬撥了通電話給莊儀程。

「嗯？我當時不是說過了嗎？就買晚餐啊。」他又重複了一次那句毫無意義的話，「那家的炒飯真的挺好吃的，我打算明天再去買一次。」

誰要問你這個啊？

「我是說你怎麼會出現在臺北又那麼剛好出現在那裡啦！」我不耐煩地補充道。儘管知道聽筒另一頭的他看不到，我的臉上仍舊忍不住露出了鄙視的表情。

「喔，因為我在那附近讀大學啊。」

「真的假的？那我們可是同校啊！」我驚呼出聲，心底卻升起一絲違和感，「等等，為什麼你感覺一點都不驚訝啊？」

這可是天大的巧合啊！他怎麼能一點反應都沒有呢？

「嗯？驚訝？我是很驚訝啊。」電話那頭的他說，「準確地說，是在之前就驚訝完了。」

「啊？」他語氣裡藏不住的笑意讓我一愣一愣地，完全沒發揮作用的解釋只讓我感到更加地不解。

電話那頭的他笑了開來，說：「妳的反應果然很有趣啊，忍了那麼久沒說還真是值了。」

「什、什麼意思？」

「記得暑假結束前，妳偶然問和我提到自己要去外地上大學了嗎？」

「嗯哼。」我略帶遲疑地頷首。仔細回想，好像真有這麼一回事。

「那時我才發現原來我們同年紀，不過我還沒來得及多問，話題又被妳給牽著走了。回家後我才想起自己忘了問妳，索性直接用交叉查榜查了一下，至於結果嗎？就是妳剛才知道的這樣囉。」

「天啊，沒想到竟然有這麼巧的事！」因為寢室內沒有其他人的緣故，我完全沒有壓抑因為吃驚而提高的音量，「不過你怎麼就沒想過要告訴我啊？」思及此，我忍不住有些埋怨。

「直接告訴妳就不好玩啦。」他哂笑著說，「但話是這麼說，我還是有給妳些提示的，像是我有問妳難道不好奇我在哪唸書嗎？可妳當時卻說想到離別就感傷，叫我不要告訴妳，只要記得保持聯絡和偶爾回來天臺上走走就好。既然是妳自己都叫我別說了，我也就照妳的意思不告訴妳啦。」

「太狡猾了！那句話根本算不上是提示吧？」我忍不住怪叫。

「很狡猾嗎？那還真是抱歉啊。作為賠罪，再告訴妳一件更巧的事吧？」

「嗯？什麼？」

「其實，我跟妳同系。」

我頓住了。

一秒、兩秒、三秒……

「咦？」

他剛才，說了什麼？

「因為必修課妳都坐在前排，所以大概沒有注意到我吧？」沒有理會呆愣得說不出話的我，他兀自說了下去，「但我可是有注意到妳喔。週一下午那堂課妳在打瞌睡吧？明明是坐在前排，真是勇氣可嘉啊。」

他竟然連這件事情都知道？想到自己在課堂上打瞌睡的糗樣被他看到，我瞬間羞紅了臉。

「雖然意識到自己那麼沒有存在感實在是挺傷心的，但後來想想，沒在課堂上被妳認出來也不錯，畢竟若是在其他情況下巧遇的話，妳的反應一定會更有趣吧？」

「而妳果然沒有讓我失望，瞪大眼睛問我為什麼會出現在那裡時的反應實在是超級有趣的。」

「怎麼這樣啊？」

察覺到這整件事原來都是他的套路，我忍不住哭喪著臉，替這段期間在他眼中那個傻氣的自己感到無地自容，於此同時，心底卻又無法克制地為彼此得以自暑假延續下去的緣分感到雀躍欣喜。

無法辨明自己臉上的紅潮是因為羞赧還是因為欣喜，我聽見電話那頭的他笑著如是說——

「總之，未來也請多多指教啦。」

＊

幾個禮拜過去，我日漸適應了繁忙卻又充實的大學生活。也是在那之後的某個晚上，吃完晚餐並迅速沖完澡的我，在回到寢室後發現了一通未接來電。

是爸爸。

「喂？爸，你剛找我有事？」一手拿著手機，我一手拿著毛巾慢條斯理地擦拭著濕漉漉的髮絲。

「妳剛剛在忙？」

「沒啊，想說沒事就先去洗澡而已。」

「今晚沒跟同學出去吃飯？不是開學沒多久而已嗎？活動跟聚餐應該不少吧？雖然當初要妳常回來，可是大學生活只有一次啊，妳這樣一直窩在宿舍，套句你們年輕人的用語，會變成那個、那個什麼女的……」

「宅女。」我翻了個白眼。

「對，宅女。」爸又說：「該參加的活動還是要參加，不要那麼自閉，我當初大學時可不只有參加系上活動，還有玩社團——」

聽到這裡，我忍不住語帶無奈地出聲打斷他，「爸，你怎麼越老越會唸啦？類似的東西你上次打給我時都已經講過了。不用擔心啦，該參加的我都有參加，只是今晚剛好沒活動而已。再說啦，我也不是對什麼活動都有興趣啊。」說完，我將手機丟到桌上，按下擴音鍵，雙手抓住覆在頭上的毛巾用力地擦拭著頭髮，又打趣地說道：「你現在還會這麼說，說不定下次打給我時就會改叫我別再參加活動，該好好讀書了。」

「好、好，我不唸了。」帶有雜訊的笑語聲在只有我一人的寢室中迴盪，「其實今晚打給妳，主要是想先跟妳說聲『生日快樂』，妳開一下視訊鏡頭吧。」

「咦？」生日？我愣愣地望向電腦螢幕右下角的時間。

今天分明才27號啊？不會錯的，畢竟早先子晴跟尹修也才和我約好待會兒凌晨一塊兒出去慶祝。

難不成爸爸是記錯日期了嗎？

儘管感到困惑不已，我仍舊照他的要求打開了前鏡頭。螢幕上出現了阿嬤和爸的身影，畫面不是那麼清晰，但開心絲毫不減的我衝著鏡頭向他們用力地揮了揮手。

「阿嬤！」

「別誤會，我沒有記錯妳生日。只是明天我值晚班，妳早上又有課，怕到時找不到時間跟妳視訊，所以就想說趁現在和阿嬤一起提早向妳說聲『生日快樂』。」爸像是聽出了我的疑惑，笑著解釋道。

「乖孫啊，生日快樂喔。」鏡頭中的阿嬤笑瞇瞇地說，看到我的頭上披著毛巾，指著鏡頭中的我又說：「唉唷，妳頭髮濕濕的怎麼不快點吹一吹？」

「好啦，阿嬤我知道啦。」還是跟以前在家裡時一樣愛操心呢。如是想著，我不禁輕笑出聲。

又稍微聊了下近況，爸爸這才拍了拍身旁阿嬤的肩膀，說：「那就先不打擾妳了。趕緊去把頭髮吹一吹，別感冒了。等妳這個週末回來，我們再給妳補過生日。」

「嗯。」點了點頭，一股暖融融的感覺在我的心中擴散開來，我的嘴角不自覺堆滿了幸福的笑容。

*

五點鐘的下課鐘聲響起，終於結束了今天最後一堂課。我拖著沉重而疲憊的步伐，打算在買完飲料之後立馬回去宿舍吹冷氣。

正當我佇立在飲料店前，一面等候店員叫號，一面滑著手機時，突然之間，有個人從我面前快速走過。因為靠得太近的緣故，他的臂膀擦過我的手機，沒被緊握住的手機於是順著他的動作脫離我的手中，朝地面筆直飛去。

啪——

該死，我的手機！

正當我心疼萬分地欲俯下身來將之拾起的同時，那個冒失鬼搶先一步蹲下身去，「抱歉，我不是故意的。」一語帶歉意，那人搔了搔頭，抬起頭來，視線恰巧與我對上。

不是吧？

白淨的五官。

眼角邊咖啡色的痣。

黑框眼鏡與肩上運動包所產生的對比。

自然捲的髮絲。

我清楚感覺到自己一瞬間的僵硬，手機被摔到的心疼與怒氣在那瞬間全都轉化為震驚。緊咬著牙，我強迫自己對那人露出一抹有些窘迫的笑容。

「嗨，羅以廷。」我說。

*

夕暮下，我和羅以廷隔著不遠也不近的距離坐在河堤上。

「雖然知道我們讀的是同一間大學，但沒想到還沒主動去找妳，我們就再次相遇了呢。妳說，我們這是不是很有緣啊？」沉默了好片刻後，羅以廷率先發話。聽見他說的話，我的身子登時一僵，微低下頭，我吸了口珍珠紅茶，沒有說話。

見我沒有反應，他輕笑著又說：「別這麼僵硬嘛，開個玩笑而已。」說完，本落在我身上的目光改為投向遠方漸漸西沉的夕陽。

自那次莊儀程將羅以廷所傳送的訊息按下了拒絕鍵後，羅以廷偶爾仍會傳送訊息給我，但無一例外地被我給忽視了。一開始心情確實還會受到影響，但久而久之，一次次下意識地刪除訊息後，我竟也產生了自己已經慢慢釋懷的錯覺。

當然，除了訊息之外，這段期間我也不是沒有想過，就讀同一間學校的我們可能哪天又會像上次在書店那般不經意地相遇，更甚者，羅以廷可能會自己找上我，但單純如我，在自刪除訊息得到了釋懷的錯覺後，一心只想著「真要再遇見的話，自己應該已經可以直接瀟灑地掉頭離開了吧」。

於是乎，當真正地與羅以廷再次相遇之後，我才發現自己一直以來以為的釋懷，原來從頭到尾都只是假象、是錯覺、是可笑的幻想。

當熟悉的容顏映入眼眸的那剎那，除了全身上下的細胞都顫抖著叫囂要我逃離之外，我什麼都感覺不到。

就算飲料沒有拿也沒關係。那一刻，我只想逃，好像只要逃得遠遠地，就能裝作自己什麼都沒看見，就能裝作自己真的有在向前邁進。

也因此，當時的我幾乎已經做好了拔腿就跑的準備了。

但那只是「幾乎」。

伴隨著那句在腦海中響起的「我相信妳」，抬起腳步的那瞬間，我看見倒映在他眸中的、那已不再是長髮及腰的自己。回過神後，我已經搶在他之前顫抖地開了口——

「羅以廷，我們，談談吧。」

「話說回來，妳手機有怎樣嗎？」他吸了口手中的飲料，不氣餒地繼續開啟話題。

他還是一樣喜歡喝綠茶啊。看了眼他杯中的澄澈茶湯，我不著邊際地想著。

晚風拂過，我順手縷過散落在臉前的髮絲，緩緩開口：「也不是第一次摔了，應該沒事吧。」

「那就好。不過，妳要真介意的話，我可以請妳吃頓飯作為賠罪；要是手機真的怎麼了的話，妳再隨時聯繫我處理也沒關係。」羅以廷看起來心情很好，手拄在腿上，撐著下巴，雙眼直勾勾地望著我。

我別過頭，面對他的熱情，有些不自在地說了聲「不用了」。

「唉，我還以為，妳願意主動找我談談是代表我們能夠有個新的開始了。可沒想到，妳還是那麼抗拒我啊。」他苦笑，又說：「既然如此，妳想要和我談些什麼呢？」

「我……」我訥訥地開口，但很快又抿緊雙唇。低下頭，我死盯著自己的鞋子看，彷彿要將它看穿一個洞來。

雖然方才是我自己將他給叫住，也是我主動說要談談，但真的要開口，卻又腦袋一片空白，身體微微顫抖，害怕得不得了。

可我也知道，自己不能再繼續逃避下去了。

我必須要向前邁進。為此，我必須要勇敢一次。

日落時分，染著霞紅的金光沿著地面一路從地平線延伸到我的腳邊，我驀地感到有些恍惚。

片刻後，我終於輕聲開口：「沒錯，我是很怕你。」

他的眼底閃過一絲受傷，「是嗎？」

「我很怕你，怕得從剛才遇見你的那一刻起無時無刻都在顫抖，無時無刻都想從你身邊逃跑。」

羅以廷拿著飲料杯的手微微一顫，但他沒有立刻回話，喝了口綠茶後才有些沙啞地說：「抱歉。」

蔓延在我們之間的頓時只剩沉默以及塑膠袋與杯子摩擦的沙沙聲，我在腦中繼續組織著言語。

「但是，我不想再逃了。我必須要做個了斷，對你，也對我自己。」

「什麼意思……？」

我抿了抿有些乾澀的嘴唇，「字面上的意思。」

「苡──」

「聽我說完。」我出聲打斷。見他不再說話，才又繼續說了下去：「上次你問我『能不能至少先當朋友』，但我想，我們暫時先別當朋友，你也別再試著聯繫我了吧。」

「為什麼？」他嘶啞著問。

下定決心不去在意那令人心痛的視線，我一個字、一個字緩緩地說著，像是在對這段感情做最後的道別：「也許在未來的某一天，我們會再次成為朋友，但那不會是現在。」

「與你的那段過往傷了我很深、很深。我因為你好陣子沒辦法再做甜點，因為你讓家人和朋友都擔心著我，也因為你久久都沒辦法再開心起來。你曾經那麼真誠地對我笑著、對我說愛我、為我拭去淚水，所以當你那麼狠心地離開我時，我是真的試著想恨過你。」

「但我沒有辦法。除了傷痛之外，那段過往也給予了我很多。它讓我知道，全心全意地喜歡上一個人並為之付出是一件多麼美好的事。那樣的美好巨大得令我無法忽視，使我即便曾為此痛苦不堪卻始終無法狠下心去恨你。」

「我們都還太過年輕，不知道怎樣去愛一個人，所以這一路上不斷摸索、跌跌撞撞，為此失去了好多好多。」

「也許就像人們所說的，『有些人的出現，只是為了教會你怎麼去愛。』」

「而我想，那個人或許就是你吧。」

說完，我對他漾開一抹淺淺的笑容。

「苡孟……」他望向我的眸中氾著心痛，語氣裡有著焦急，「因為我的不成熟而傷害了妳，關於這點，我很抱歉。是我太傻，竟然會搞不清楚自己的心意。我不知道該怎麼讓妳相信，但請妳相信我！現在的我是真的喜歡——」

「我相信你喔。」

「咦？」

「我相信你，相信你是真的喜歡我，可是那又如何呢？」

「什、什麼那又如何？」羅以廷睜大雙眼，看起來無法理解。

「我不恨你，但現階段，我對你的感覺也已經不是愛，而是恐懼了。」

「這……」

他移開了視線，而我們之間也登時陷入了沉默。過了好片刻，我才又開口道——

「你對我感到抱歉嗎？」

「什麼？」像是對我突如其來的疑問感到困惑，他愣了一下，會意過來後才立馬激動地回答道：「當然！我知道我是個差勁的人，在那之後我對妳滿是虧欠！我——」

「你說你想要重新追我一次，但我覺得，我們之間就到這此為止吧。」

「什麼意思……？」被打斷的羅以廷聲音顫抖地詢問著。

「對我滿心愧疚的你，面對害怕著你的我，愧疚感只會有增無減吧？」我望向他，對他勾起了一抹有些哀傷的笑容，「我們之間已經沒有愛了，就算有，那也不該是立基於愧疚、害怕還有留戀。」

「所以……妳的意思是？」

他吸了吸鼻子，對我綻開了一抹難看的笑容，故作堅強的模樣讓我感到有些心疼。

但是我不能心軟。

「我想，我們都該向前邁進了。」

「謝謝你，儘管你確實傷害過我，但你也曾經是我的救贖。」

「希望下一次，我們都能幸福。」

說完，我感受到自眼角流淌下來的溫熱，還有嘴角上揚的弧度。

那一刻，我知道我是真的能夠向前邁進了。

羅以廷沒有說話，但我隱約看到他頰上綴著的淚水。過了好半晌，他才用指尖抹去了眼角的晶瑩，說：「唉，妳那個朋友還真是說對了。」說完，他嘆了口氣，向身後的草皮倒去，枕著雙手，覷了我一眼。

「朋友？」

「對啊，妳還記得他揍了我一拳，罵我說『你不知道你錯過了多好的女孩』吧？」

喔，我想起來了，他是在說尹修。

「我當時只覺得『你在耍什麼帥啊』，但現在想想，他說的對，我的確是錯過了很好的女孩。」他聳聳肩，故作輕鬆地說著。不待我回話，他逕自直起身，伸了個懶腰後站了起來，側首對我說：「回去吧，天要黑了。」說完，他轉身邁開腳步。

「喂，羅以廷。」

望著他的背影，我開口喊道。他停下腳步，回過頭來望著我，點了點頭示意我繼續說下去。

「謝謝你的心意，真的。」我說。

他頓了頓，自然捲的頭髮被風吹得更顯毛躁。他揚起了一抹極其燦爛的笑容，一如我們初見的時候。

「道什麼謝啊？因為妳值得，僅此而已。」他說，「我……還是會繼續喜歡妳。我不知道這樣的感情什麼時候才會停止，又或者有沒有結束的一天，但我不會再帶給妳困擾了。倘若哪天我們都放下了，屆時我們再試著當朋友吧？我保證我們會是很要好的朋友。啊，對了——」說到一半，他突然彈指驚呼，「沒記錯的話，今天是妳的生日吧？原本打算傳訊息祝福妳的，沒想到在這之前就先遇見了。一時之間也沒辦法為妳準備禮物，只有句『生日快樂』，妳不會介意吧？生日快樂，苡孟。」說完，他笑嘻嘻地搔了搔頭。

我又愣住了。

曾以為他不會記得的，沒想到羅以廷都還記著。

他是真的注視著我啊。

我感到眼眶驀地一陣濕熱。

「謝謝。」我對他真誠地笑了，「我已經收到生日禮物了。」

記憶中，羅以廷已然褪色的那抹身影，在泛著暖黃光的路燈下再次鮮明了起來。

第九章　總會有人看見妳

在我眼底，妳就是那樣耀眼的存在。

和羅以廷在河堤上分手後，我又獨自在河堤上坐了會兒。不知怎麼地，我突然很想見莊儀程。掏出手機正準備打通電話給他，亮起的螢幕上幾封來自他的未讀訊息率先吸引了我的注意力。

「妳晚上有空嗎？」

「哈囉？有人在嗎？」

字的一旁顯示第一封訊息是在接近六點時收到的，而隔了約莫半小時後才又收到了第二封訊息。

我瞥了眼螢幕右上角的時間——

糟了，已經超過七點了。

他還在等我回覆嗎？

我有些焦急地想著，趕緊撥了通電話給他。嘟嘟聲響了好陣子後，他才接起了電話。

「抱歉，設成靜音模式沒注意到你的訊息。你剛才找我？」我語帶歉意。

「喔，沒關係啦。」聽筒另一端的他笑了笑，「那妳待會兒有空嗎？」

「有是有啊，怎麼了？」

「走，我們去看流星。」

*

到了約好的時間，莊儀程很快便騎著摩托車出現在我眼前。

「吶，戴上吧。」他遞給了我一頂安全帽，白色的全罩式安全帽兩側各有一隻粉色的兔子。

「這頂安全帽哪來的？」我戒慎恐懼地盯著他手上的安全帽。一想到那頂安全帽不知道碰過幾個人的頭皮，我就感到沒由來地抗拒。

「沒禮貌，這我剛來的路上才買的。還特地買妳喜歡的圖樣，講這什麼鬼話？」他撇了撇嘴，巴了下我的頭，「明明沒有口水癖，竟然意料之外地在意這個？嘖嘖。」

「喔，好嘛，謝謝你啦。」我不好意思地吐舌，乖乖地接過安全帽戴上，因為他貼心的舉動而有些心跳加速。

坐上後座之後，我雙手輕輕揪著他的外套——既不敢用抱的，也不敢抓後面的握把。

「喂，妳抓緊啦。雖然距離很短，可是等等爬坡妳沒抓好摔出去的話怎麼辦？」

他將雙手伸到後頭，一把拉住我的手腕往前圈住自己的腰，這樣的舉動讓我好不容易平復下來的心又再次飛快地跳動了起來。雙手圈著他的腰，後座的我一面嗅聞著他身上那令人感到安心的清香，一面暗自慶幸全罩式安全帽能掩蓋住自己此刻如熟透蝦子般紅咚咚的雙頰。

＊

在涼風的吹拂中，機車緩緩行駛在有些坡度的彎道上，沒多久後我們便到達了目的地。瞥了眼路標我才發現，這裡是我們學校位於半山腰的運動場。

我們學校的平地面積很小，有好大一部分都是山坡地。不僅教學大樓有不少分布在山坡上，有些宿舍甚至位在更高的地方。雖然用走的也不會走太久，但大多時候學生們更傾向依賴校內公車。

「哇——這是我第一次上來這裡欸，感覺好新奇喔！」

因為時間已經不早的緣故，整個運動場空無一人。將安全帽掛下後放到坐墊上，我又蹦又跳地來到了場地中央，張開雙手轉了幾圈。

「幼稚。」他輕笑，拿起方才放在腳踏墊上大包小包的東西緩步走來。

「你拿那麼多東西上來幹嘛？」我感到好奇，忍不住湊上前去看了幾眼。

不就是看個流星，帶上自己的兩隻眼睛不就夠了？

「之前不是說過我偶爾會玩攝影嗎？」他一邊說著，一邊將手中的東西放到地上，蹲下身來，自其中一個長筒型的袋子中拿出一支看起來有些分量的腳架，將它的三支腳分別轉開、拉長、固定好，又從另一個袋子中拿出了一臺單眼相機。

「今天難得碰到流星雨，正好又發現這裡沒什麼光害，想說就來碰運氣拍拍看囉。」說完，他將相機架好，然後又拿出條像是遙控器的東西，將它接到相機上後，俐落地按了幾個按鈕像是在設定些什麼。

天啊，這陣仗也太大了吧？

我在心中忍不住讚嘆，暗暗想著難怪平時自己用手機怎麼也拍不出那樣的照片。

儘管架好了相機，莊儀程手邊的動作仍舊沒有絲毫停下。他又蹲下身來，從另一個袋子中拿出了條大野餐巾鋪在地上，伸了個懶腰後舒服地翹著腳躺了下來，然後望向我，拍了拍身旁的空位說：「吶，過來吧。」

他流淌著笑意的眼底有一道光華流轉，我被他兩汪深潭般的雙眼深深吸引，恍惚之間彷彿墜入其中。

「還愣在那幹嘛？」見我沒有動作，他對我招了招手，笑開了嘴，隱約露出了小虎牙看起來有些可愛。

我愣愣地順從他的指示，像隻順從的貓咪，乖巧地在野餐墊上躺下。

「就知道妳什麼都沒帶。這個，拿去蓋吧。」他的話語略帶無奈。我扭過頭，只見他手持一件外套朝我遞來，「雖然現在是夏天，但晚上在戶外躺著還是有可能著涼。」說完，他寵溺地笑了。

糟糕，我的臉該不會是又紅起來了吧？

「真像老媽子。」

我訕訕地囁嚅著，想要藉此掩飾內心的躁動。沒想到正當我伸手要接過他手中的外套時，他立刻將手給伸了回去，「不要就算了，我自己蓋，呿。」他對我撇了撇嘴，一臉惋惜地將外套摟在懷中。

「又沒說不要蓋，拿來！」我氣惱地瞬間彈起身，壞心地戳了他的腰一下──在一次意外中，我發現了他超級怕癢──趁著他鬆手的空檔我一個伸手便將外套搶了過來，緊緊摟在懷中。

「來這招啊？」他苦笑。

「你管我！」

我將臉埋進了緊摟的外套中，深吸了口氣，那股屬於他的清香竄進鼻腔，令我感到既安心又平靜。

他笑了笑，沒有說話，逕自將視線放回了夜空中。我也躺了下來，順著他的視線望去──

「哇──」

我忍不住驚呼。

睜大雙眼，頓時之間，整個宇宙像是在我眼前開展開來般，綿延無盡。映入眼中的是閃爍著光芒的滿天星斗，密密麻麻地鑲嵌在了深藍色的夜幕上。隱約之中還可以看到一條光帶──我從沒看過這般景象，因此也無法確定那是不是就是所謂的銀河。

耳畔只剩下晚風摩娑著樹葉的沙沙聲，安靜得彷彿能聽見來自宇宙的低語。

上次在天臺上看到的星空，是城市的光芒與夜空中的星光一齊閃爍，我曾以為那會是我此生看過最美的星空，然而此時此刻，我所眺望的夜空沒有一絲雜質，就只是純粹的深藍綴著閃爍搖曳的星光，美得令人屏息，讓人移不開視線。

這裡不似在天臺上有光害影響，僅有幾盞微不足道的照明燈以及不遠處泛著黃光的路燈——記得某次聚餐時聽到學長姐們抱怨學校很窮，窮得連運動場都得早早關燈之類的，然而此刻的我卻由衷感謝學校只給夜晚的運動場留了幾盞燈，讓我能夠看到這般美麗的星空。

「很美吧？」他偏首微笑，語氣中隱隱帶著些得意。

「嗯，超美的！」我由衷地讚嘆，頓時有些埋怨自己中文程度不好，沒有辦法精確地描述此刻內心的感動，「上次在天臺上看到的已經很美了，但是在這裡看到的又是另一種不一樣的——啊，是流星！」我激動地伸手指向夜空。

只見一顆流星在夜空中化作閃光，拖著長尾巴似的藍色磷光劃破了黑夜的長空。

「這是我第一次看到流星欸！」興奮地扭過頭和他說道，「啊，忘了許願……」思及此，我不禁懊惱地抱頭哀號。

見我的反應他輕笑了聲，說：「不用擔心，今晚有流星雨，雖然現在這個時間還不是極大期，但要再看到幾顆也不是什麼太困難的事。」說完，他伸手順了順我的髮絲，讓我全身為之一凜。

聽著他均勻的吐息和自己有些躁動的心跳，我們就這樣沒有說話，靜靜地躺在一塊兒，不知道過了多久——

「莊儀程。」

「嗯？」

我的呼喚聲細如蚊蚋，但他確實聽見了。他沒有轉過頭，只是逕自望著那片星空，回以我一個好聽的單音。

「我今天遇到他了。」

他沒有追問，大概是聽得出我說的是誰。

「我跟他談開了，我做得很棒吧？」我笑了笑，轉過頭來望向他。

他也轉過頭來看著我，嘴角邊流淌著溫暖的笑意，他伸出手拍了拍我的頭，說：「嗯，妳做得很棒。」

「和他談完後我又獨自待了會兒，一邊回想過去，也一邊整理情緒。結果我才發現，就算我在面對他時講得多帥氣、多灑脫，就算知道後來的他是真的注視著我、喜歡著我，但回想起最初他喜歡上我的契機是我與別人很像，果然還是會有些失落呢。」我吸了吸鼻子，泛開一絲苦笑，「即便不夠耀眼，還是希望成為被人始終如一、好好地注視著的存在，這樣的想法是不是太貪心了呢？」

他笑了，眼底閃爍著溫柔的光華，直起身，朝我伸出左手，「喂，妳之前不是說想學攝影嗎？來吧，我教妳。」

「咦？」他突然之間說些什麼呢？

愣愣地看著他朝我伸出的那隻手，再看看他臉上和煦的笑容，我將右手覆上他的。他牽起我的手，將我從野餐墊上帶起。我的手指被包覆在他的手心裡，從掌心傳來的溫度和著心跳的鼓動，讓我感覺暖融融的。

他領我來到了架在不遠處的相機旁，說：「妳知道為什麼手機沒辦法和單眼拍出一樣的星空嗎？」

我搖了搖頭。

「那是因為，手機的快門時間很短，但是單眼的曝光時間可以拉得很長。」他指了指接在相機上那條長得像遙控器的東西，「這就是快門線，用來控制曝光時間長短的。」

「不論是再璀璨的星，對手機而言，它的亮度都微弱得難以捕捉，唯有透過曝光時間的延長，才能夠累積它的亮度，讓它在相機中成像、被人看見。」

「只要仰望的時間夠久，不論是再微弱的星光，都會在妳眼中熠熠生輝。」他牽著我的手始終沒有鬆開，自掌心傳來的溫度讓我感到踏實。望向他的側臉，我的心臟又無法自抑地快速跳動起來。我清楚地感受到爬上雙頰的熱度，還有逐漸變得濕熱的眼眶。

「會有人看見妳的。妳要相信在這片夜空下，總會有人仰望著妳，而妳會成為他眼中最動人的那抹星光。」他望向我，闃黑的眼眸中映著漫天星空，「至少在我眼底，妳就是那樣耀眼的存在啊。」

儘管我們身處在黑夜之中，但我卻覺得，此刻他的笑容好似晨曦裡淺金色的朝陽，閃爍著無與倫比的光。

我張開嘴想要說些什麼，最後卻只能用手指輕輕拭去眼角的濕潤，有些哽咽地吐出一句：「謝謝。」

他沒有回話，只是笑笑地看著我，牽著我的手握得更緊了。

唉，真糟糕，現在的我到底是該感到害羞還是感動啊？

空著的手揪著衣服下襬，我抿緊雙唇萬分糾結地想著。

「啊，對了，差點忘了！」過了幾秒鐘，他忽然驚呼出聲，鬆開原本緊握的手，蹲下身來在地板上的袋子中翻找起來。

「怎麼了？」我也蹲下身來，納悶地問。方才被緊握的手瞬間空蕩蕩的，讓人感到一陣悵然若失。

「找到了。」

翻找了好一陣子後，他從袋子中拿出了一個保鮮盒，「出門的時候太匆忙，原來是放在包包底下了。」

「吶，送妳的。」他將手中的保鮮盒遞給我，接著再次在草地上盤腿坐了下來，雙手托腮望著我。送我的？什麼東西啊？

我略帶疑惑地將手中的盒子打開，發現裡面裝著幾塊布朗尼。

「這……是你做的？」我抬起頭，迎向的是他期待的目光。

「對啊，妳也知道的嘛，今天是——」他故意拖長尾音，雙手都比了個七的動作指向我，看起來是在等我接下去。

思考了好一會兒我才反應過來，「咦？你是指我的生日嗎？」我既驚喜又不敢置信地指著自己，怔然說道：「可是，我不記得我有跟你說是今天啊？」

他沒問過我，我自然也不會特別提起。

「啊哈，我果然猜對了！」他彷彿考試得了一百分的小男孩般，得意洋洋地拍了下手。

「猜？」

「對啊。」他雙手枕在後腦杓下，愉快地哼著不成曲調的旋律，「我偷看到了，妳手機的解鎖密碼是0928吧？我當時就想說那可能是妳的生日之類的。前陣子原本想直接跟尹修確認的，但又怕他大嘴巴說出來，這樣就沒有驚喜感啦。喂，為了給妳驚喜我可是煞費苦心啊，原本想12點一到馬上跟妳說『生日快樂』的，但是後來發現今晚剛好有流星雨，就想說來點不一樣的。怎麼樣？還不賴吧？」

「你就不怕猜錯嗎？」我訝然。

「嗯……反正不是生日的話，應該也是什麼意義重大的日子吧？再不濟的話，就當作是慶祝教師節囉。」

「哪有人教師節吃蛋糕的啦？」我噗哧一笑。

那些微不足道的小事，原來他都默默記在心裡啊。

思及此，我的心中感到暖洋洋的。

「好啦，別再糾結那些了，趕緊嚐嚐吧。」他用期待的眼神直勾勾地看著我，我頓時覺得眼前的他像是隻眼睛水汪汪的小狗一樣。

不過，這該怎麼辦呢？莊儀程做的甜點可是一向有些，嗯，風味特殊……

但話是這麼說，他都滿臉期待又特別為我準備了，不吃好像又有些對不起他呢……

唉，不管了！

我拿起了一塊布朗尼放入口中。

咀嚼。

吞嚥。

意料之外地，我並沒有感受到以往那般難以下嚥的滋味，反而是——

「唔——這個，好吃欸！」我睜大雙眼，右手輕掩嘴巴驚訝地說。

散發出香甜氣息的蛋糕體外表酥脆，內部濕潤又扎實。一口咬下，巧克力恰到好處的苦甜味搭配核桃的香氣在口中化開，讓我忍不住又吃了幾口。

說來失禮，雖然布朗尼並不是道太難做的甜點，但若是出自甜點苦手的莊儀程手中，那個意義可就大不相同了。

「那當然！我可是在交誼廳做了好多次，手還被烤箱燙到欸。」他雙手抱胸，一臉驕傲，「因為這樣，我還逼我室友和我一起把失敗品都給吃了，哈哈。」小聲補充完後，莊儀程略顯困窘地搔了搔頭。

「噗哧——雖然很感動，但你下次還是別殘害室友啦！小心哪天被蓋布袋。」我一臉促狹地望著他，「吶，賞你塊好吃的。」說著，我遞給他其中一塊布朗尼。

「好吧，那明年我只好再認真想想能送些什麼其他的給妳啦。」他聳肩，一口咬下手中的布朗尼。

「那我可就好好期待囉。」我雙手托腮，開心地笑了起來。望向星空，忍不住開始期待起明年的生日。

吃完布朗尼後，我們就這樣又並肩坐在星空下好一陣子，享受著涼風的吹拂。

過了好半晌，身旁的他開口道——

「苡孟。」

「嗯？」

我望向他，發現他也正看著我。

「生日快樂。」

他笑了，笑得璀璨如繁星。

臉上的燥熱再也無法忽視，自胸口傳來的躁動幾乎快鼓到了喉頭。

在時光長河中日漸死去的心，終將因為某個特別的人，而再次跳動起來。

我想，我是真的喜歡上眼前這個男孩了。

*

「苡孟啊，妳這樣提會不會太重？」

「還好啦，倒是阿嬤平時買菜都提那麼重嗎？這樣的話下次叫爸載妳一下嘛。」雖然手上提的菜籃的確有些沉重，但我依舊面不改色地對身旁的阿嬤笑了笑，示意她不用擔心。

「沒關係啦，妳爸平時那麼忙，不用麻煩他。阿嬤平時都坐公車，買的也不多，只是剛好今天妳有回來，所以忍不住就多買了些。」阿嬤拍了拍我的手背，笑瞇了眼，眼角深陷在皺紋之中，「阿嬤今天做妳喜歡吃的，嗯？」

「好，謝謝阿嬤。」

週六上午，甫一起床我便撞見提著菜籃正要出門的阿嬤。一問之下得知她正要搭公車去買菜，我便提議陪她一道去市場，正好可以幫她提菜。

在市場裡轉了幾圈，選購了不少肉類與蔬果後，提著沉甸甸菜籃的我們好不容易走到了公車站牌，卻發現下一班車得過好陣子才來。幾經評估後，我們祖孫倆便決定一同沿路慢慢走回家。

上一次和阿嬤一起來市場已經是很小時候的事了，今天這樣子的行程令我不禁感到有些懷念。

「喔，是那個『麥當勞』喔？」走到速食店前面，阿嬤突然停下腳步，臺語中夾雜著不是很標準的「麥當勞」三個字。

「阿嬤，麥當勞怎麼了嗎？」我困惑地發問。

麥當勞？阿嬤又不識字，怎麼會知道這間是麥當勞？

「之前有次買完菜路過，看到好像很多年輕人在吃，想說妳應該會喜歡，就打算買給妳當早餐。可是阿嬤不識字，只能請店員做小朋友可能會喜歡吃的東西。啊，所以上次那個有好吃嗎？」

「咦？」聽到這裡，我愣住了。

依稀記得，有次餐桌上的早餐難得出現了麥當勞——爸爸一向反對我吃那種垃圾食物，所以那一餐令我印象深刻——當時的我一邊吃著紙袋裡的食物，一邊懷疑著爸爸是不是突然哪根筋不對，竟然會買這種東西給我當早餐。

原來是阿嬤買的嗎？

「阿嬤沒吃過，所以也不知道好不好吃。倒是那天買回去被妳爸唸了好陣子，才知道那是麥當勞。」阿嬤笑吟吟地說著。

印象中那天的早餐其實沒有很好吃——因為濕氣而變得軟爛的麵包皮與過鹹的起司片組合而成的滿福堡，嚴格說起來實在有些令人難以下嚥，但此刻我卻驀地感到一陣鼻酸。

於是我牽起了阿嬤的手，往麥當勞走去——

「阿嬤，回去不要跟爸說，我們偷偷去吃麥當勞吧。」語畢，我對她俏皮一笑。

*

和阿嬤各自吃了份套餐作為午餐後，我們便繼續踏上了歸程。

「啊，這個麥當勞不好吃啦。」阿嬤走在我一旁，對方才的餐點做出負面評價。

「哈哈，可能是阿嬤吃得不習慣吧。下次再帶阿嬤去吃別的。」

「好、好。」阿嬤臉上掛著一如既往的笑容，但感覺她是真的心情很愉快。

我們相視而笑，就這樣繼續並肩走在路上，然而對話也在此時如同以往再次走到了瓶頸。

買菜的這一路上，我們倆說話的次數其實寥寥可數，雖然也不至於說到尷尬的地步，但就是和暑假時沒有太大的區別，這讓我不禁對自己感到失望。

就在我努力思考有什麼話題可以聊的時候，我的眼角不經意地瞥到路的對面好像有抹熟悉的身影——

「莊儀程！」

我感到意外地喊出了他的名字，一邊朝他的方向揮了揮手。

「王苡孟？」

他滿臉訝異地望了過來，左顧右盼了一下，確定沒有來車後才小跑步穿過馬路來到我的面前。

「妳怎麼會在這裡啊？和阿嬤一起去買菜？」

「對啊，剛買完菜要回家就碰到你了。」

他瞥了眼我手上的東西，「袋子看起來好像不輕，給我吧，我來幫妳拿。」說完，他向我伸出手。

「欸？不好吧？這樣太麻煩你了。」我蹙著眉，朝他搖了搖手。

「啊啊——沒關係啦，反正我也閒來無事，就當順路去偷窺一下妳家囉。」他笑著說，從我手中接過菜籃。

「苡孟啊，啊這位是……？」

一旁的阿嬤看了眼莊儀程後又望向我，語氣聽起來有些納悶。我這才趕緊和阿嬤補充道：「阿嬤，這是我的朋友莊儀程，之前去醫院幫忙的時候認識的，他現在也是我的大學同學喔。」

「莊儀程，這是我阿嬤。啊，不過她只會說一點點中文，你聽得懂臺語嗎？」

「那當然。」他對我勾起嘴角，然後向一旁的阿嬤點了點頭，笑著打了聲招呼：「阿嬤妳好，我叫莊儀程，是苡孟的朋友。」

唔喔——竟然立刻就切換成臺語模式了！

腦海中浮現出臺語十分不流利的倪子晴的身影，我在心中由衷讚嘆道。

剩下約莫二十分鐘的路程幾乎都是莊儀程和阿嬤的交談聲，活絡的氣氛和方才的沉默形成了極大的對比。一路上他們什麼都聊，對話絲毫沒有間斷過，從做菜一路聊到了昨晚的八點檔，甚至還聊起了我小時候的糗事。除了講到丟臉的事情時我感到羞赧地打斷他們之外，整段對話幾乎沒有我插嘴的餘地。

在外人眼中看來，他們倆也許反而更像祖孫吧？我不免有些失落地想著。

「同學，我們到家了。今天真是謝謝你啊！要不要進來坐一坐，吃一下點心再走？」終於走到家門口，阿嬤牽著莊儀程的手邀請道，看起來很是希望能夠繼續和他聊聊。

「謝謝阿嬤，不過我等等還有事情，不如改天吧？下次我會再來和阿嬤聊天的。現在外面天氣那麼熱，阿嬤妳趕快進去吧。」莊儀程拍了拍阿嬤的手，示意她趕緊進門，將手中的菜籃交還給我後，他又向站在門口的阿嬤揮了揮手。

「唉唷，等等有事還幫忙我們提菜。你這年輕人真是不錯。」阿嬤笑開了嘴，「趕快去、趕快去！下次再等你來跟阿嬤聊天。」說完，她向莊儀程揮手道別，很快便走進屋內。

莊儀程臉上的笑容一直持續到阿嬤關上門後才轉變為略帶疑惑的神情。他望著我，問道：「我說啊，王苡孟，怎麼感覺妳跟妳阿嬤好像沒很熟啊？剛剛一路上都是我在和她講話，妳幾乎沒說幾句話欸。」

咦？連他也感覺到了？

「唔，這個嘛……也不是說不熟，就是我很不會找話題吧？」我尷尬地撓了撓臉頰，隨後有些喪氣地垂下了頭，「我也想要和她有話聊啊，但就是不知道該說些什麼。倒是你，為什麼你剛才就能劈哩啪啦地一直講個不停啊？你才第一次見到我阿嬤欸。」

我對他投以求助的目光，希望能夠從他口中得到些建議。

「也沒什麼，只是她讓我想起了我阿嬤。」他含笑的目光悠遠。

「老人家其實沒妳想像中的那麼難聊。他們也許和我們的生活圈很不同，可他們都很樂於參與並了解我們的生活，妳只要和他們聊聊自己的生活瑣事，或是聊一些你們共同的回憶啊、興趣啊之類的，他們都會很開心的，距離也很快就會拉近了。」語畢，他的嘴角又綻開了和煦的笑容。

「好抽象……」我皺了皺眉。

「加油吧，慢慢摸索。妳阿嬤要是知道妳為了能夠和她聊上天而煩惱，一定也很開心的。」他笑著揉了揉我的髮絲，「妳還有機會，這已經是讓很多人都羨慕的事了。好好把握，妳一定可以的。」

我若有所悟地點了點頭。

「那就這樣啦。我還有事就先走了，學校見。」說完，他轉身邁開腳步。

「謝謝你，我會試試看的！」我朝他的背影喊道。

而不遠處的他只是對我淺淺一笑，沒有說話。

第十章　山雨欲來風滿樓

幸福是長著翅膀的，總有一天，它終將振翅飛去。

學校在十一月初舉辦了藝術季，林蔭大道上擺起了許多文創攤位，吸引了不少路過的學生們在攤位前徘徊駐足。

這天系上必修下課後，我硬是拖著睡眼惺忪的莊儀程陪我一個攤位一個攤位地逛。

「啊啊——妳還是別看了吧？這些東西好看歸好看，但都貴得要死。」他打了個大大的哈欠後說。

「你剛才都快睡了整整一節課，怎麼還打哈欠啊？」我橫了他一眼，伸手擰了下他的耳朵。他一邊喊痛，一邊緊捂耳朵。

「再陪我逛一下，等等請你喝飲料。」我說。

聽到飲料，他的眼睛亮了起來，瞬間點頭如搗蒜，像隻乖巧的小狗跟在一旁。

嘖，真現實。

我嗤了一聲，將目光放到琳瑯滿目的攤位上。

大多數的攤位就像莊儀程說的一樣，雖然賣的東西很讓我心動，但價格卻著實令人卻步。

在這其中，我看到了一個相當有質感的手製書封，本想著可以拿來套在行事曆上頭，一問之下才發現它竟然要價500元。

天啊，500元也夠我吃好幾餐了……

雖然知道藝術創作者們需要支持，但我自己最近也阮囊羞澀，再買下去的話恐怕就真要吃土了。含淚相送，我只能帶著滿腹遺憾將那個做工細緻的書封放回了攤位上。

「快逛完啦，說好了等等要請我喝飲料的喔。」

「知道啦。啊，等我一下——」說到一半，盡頭的攤位上赫然有一項東西吸引了我的目光，我忍不住邁開步伐小跑步過去。

那是一對金屬製的青鳥書籤。

方才被我落在一旁的莊儀程也走到了我身邊，「妳在看什麼？嗯？書籤？」

我沒有回話，只是將書籤翻了過來，看到後面貼著的價格。

唔，還可以接受。

我將書籤遞向顧攤位的小姐，「不好意思，我要買這一組。」

「啊？」

*

「沒想到妳還真買了啊。」坐在我身旁的莊儀程喝了口水果茶，瞥了眼我拿在手上的紙袋。

買完書籤後，我和莊儀程提著各自的手搖杯來到河堤坐下。

「因為我真的很喜歡啊，而且價格也還能接受。啊，對了——」我小心翼翼地將封口的紙膠帶撕開，自紙袋中抽出其中一個書籤，將它遞給莊儀程，「送給你。」我說。

「啊？謝謝。」他看起來有些意外，愣愣地接過後，將它放在手中端詳了一番，「怎麼突然想送我這個？」說完，他略帶狐疑地望著我。

「哈哈，當作上次布朗尼的謝禮囉。」我聳了聳肩，「不過除此之外，的確還有其他原因就是了。」

「嗯？」他應了聲，等待我繼續說下去。

我低下頭來，望著手中的紅茶，暗紅色的茶湯因為輕微的晃動而泛起絲絲漣漪。思忖了好片刻後我才啟唇：「小的時候，不管媽媽工作多忙，她總是會抽出幾分鐘來為我朗讀睡前故事。雖然大多數的小女生應該都比較喜歡白雪公主啊、睡美人之類的，但是在她唸過的所有故事當中，我最喜歡的還是青鳥的故事。」

「對我而言，相較於『從此以後和王子過著幸福快樂的生活』的夢幻與浪漫，我反而比較嚮往『幸福就在身邊』。」我感到懷念地勾起了嘴角。

「我曾經也對自己的生活、自己所擁有的一切感到幸福與滿足，但是因為一些事情——當然也包含他的事，我的世界頓時分崩離析。我沒辦法相信自己能再次擁有幸福。我所擁有的一切，都好像不知何時就會再次被硬生生抽離一樣。」我屈起雙腿，講到後面，喉嚨驀地感到乾澀，聲線莫名有些嘶啞。

他輕輕握住了我顫抖的手，帶給我安定的力量。我回握他的手，深吸了口氣，繼續說了下去：「但是自從遇見了你，我的生命一點一滴地變得不一樣了。原本止步不前的我，慢慢地能夠再次邁開腳步，甚至是奔跑起來；原本停留在過去的時間，也逐漸開始向前流動。」

「也許只是巧合吧。但我寧願相信，那天突然出現在天臺上的你，就是隻在我生命中悄然翩至的青鳥。」我望向他漂亮的深黑色雙眸，一個字、一個字真誠地說著。

「謝謝你為我帶來幸福。」

說完，我對投以他一抹極其燦爛的笑容。那一瞬間，我感覺到身旁的莊儀程頓了頓。然而，他不似以往那般回以我一抹令人安心的微笑，只是輕嘆了口氣，末了，抬起頭來仰望天空。

我微微一愣。

我說了什麼奇怪的話嗎？

「妳果然，還是跟我不太一樣啊。」過了好半晌，他才喃喃說道，我隱約看見他嘴角邊泛起的一絲苦意。

不一樣？什麼意思？

我愣怔地望著他，突然覺得，此刻的他與上次在天臺上做惡夢的他，身影漸漸重疊了起來，讓人感到陌生，卻又孤寂得讓人想哭。

我沒有說話，只是輕輕捏了捏他的掌心，告訴他，我就在這裡。

「妳有沒有想過，青鳥的故事其實還有另一個不一樣的意涵？」他再次開口，聲音淡得彷彿隨時會消散在風中一般。我沒來得及思考，他就又接了下去，「青鳥有雙豐沛的羽翼，即便為人帶來了幸福，總有一天，牠終將展翅飛去。每次聽到這個故事，我都有種這樣的感覺。」

他望向我，嘴角的苦意絲毫不減。

為什麼他的眼神會那麼哀傷？

為什麼他的笑容會那麼苦澀？

我抿緊雙唇，想要說些什麼，卻又不知道從何說起。

正當我心一橫，打算隨便說些什麼緩和氣氛時，身旁的他卻率先開了口——

「抱歉啊，不自覺地胡言亂語了起來。」他訕訕地撓了撓臉頰，然後一臉若無其事地說：「走吧，時間也不早了。該回去了，我明天還有堂課要小考呢。」說完，他站起身來拍了拍身後的塵土。

「呃，喔。」方才到了嘴邊的話語又被吞了回去，我愣愣地跟著站起身來。

「表情那麼嚴肅幹嘛？」他見我一臉小心翼翼，忍不住噗哧一笑，揉了揉我的頭髮，「總之，謝謝妳的書籤，我會好好珍惜的。」語畢，他對我晃了晃手中的書籤，在夕陽下逕自邁開了步伐。

他為我做了那麼多，我卻沒能為他做點什麼嗎？

望著他的背影，我的心中驀地感到一絲失落。

斜陽下，他的影子被拖得老長。原本延伸到我腳下的影子，轉瞬間便順著他的步伐與我慢慢拉開了距離。我突然感到一陣沒由來的心慌，趕緊跟了上去，在看到自己的腳跟與他的影子連在一起後，才終於感到一絲踏實。

可那股不安的情緒，卻彷彿在我心底扎了根，又像是霧霾盤踞一般，在我心中久久揮之不去。

*

「喂？尹修啊，找我有事嗎？」我毫無氣質地將雙腳翹在書桌上，慵懶地坐起了兩腳椅。

正當我吃完晚餐，準備開始複習課業時，我久違地接到了尹修的來電。

在大學中依舊活躍的尹修不只加入了社團，同時又參加了不少活動。在大多數時間都很忙的情況下，我們已經有好一陣子沒有見面了。

剛開學的時候分明還會隔兩週約一次吃宵夜之類的。唉，上次是在什麼時候呢？將近一個月前？

「就非得有事才能找妳嗎？也許我只是想聽聽妳的聲音啊。」

電話那頭的他刻意尖起嗓子，嬌滴滴地說。惹得我一陣起雞皮疙瘩，險些從椅子上摔下去，「你少噁心了！說，其實你是披著尹修外皮的倪子晴吧？」

「好啦，不鬧妳了。」他一陣發笑，「我確實是有些事想跟妳說。但最近太忙了，恐怕有點難抽出身來跟妳見面，但又覺得等不及了，就直接打給妳啦。」我可以清楚地聽出電話那頭隱藏不住的笑意。

「聽起來是遇到了什麼好事齁？說吧，我聽著呢。」被他的開心感染，我嘴角的弧度也忍不住跟著上升。

「就是啊，上週我回家的時候，一樣去找了德明——」

「嗯哼，不意外啊。」

這個大忙人會回家的原因也只有這個吧？我腹誹。

因為選系不選校的緣故，顧德明最後沒有如願和尹修上同一所學校，而是選擇就讀距他家只有約二十分鐘車程距離的大學。

剛放榜時，我還擔心他們倆會不會為此產生不愉快，畢竟他們考前約好了要一起來臺北念書的。

「沒差啦，反正回家方便，大二後還可以住家裡省住宿費。」上次與顧德明閒聊時，他一如往常面無表情地冷冷說著。

「對啊，我以後常回去找你就好嘛。」尹修的嘴角堆起滿滿的笑容，「現在交通這麼方便，距離又這麼近，小case啦。」

「嘖，你們倆大白天的這麼閃幹嘛啦？」一旁的倪子晴崩潰地摀著雙眼怪叫道，讓我們忍不住笑了開來。

也是啊，他們都已經攜手走過了整整三年的時光，距離什麼的，對他們而言算得上什麼阻礙呢？

當時的我如是想著，站在一旁凝望著相視而笑的兩人，覺得他們的笑容裡盛著滿滿的幸福，熠熠生輝。

「嘖，妳先聽我說完啦。」他有些氣惱地怪叫道，待我承諾在他講完前不會打斷他後才又繼續說了下去，「那天我和他一起去樂器行幫他的吉他換弦，在那之後他陪我走路回家。分開之前，我們在離我家門口一段距離的轉角接吻，結果剛好被正要出門的我媽看到了。」說到這裡，他還呵呵地傻笑了兩聲。不同於他的反應，聽到這裡，我嚇得將方喝進嘴裡的水給噴了出來。

「媽呀，你說什麼？你也太不小心了吧？」我驚呼出聲，完全忘了方才和他承諾的事，「那後來呢？你媽她有……說些什麼嗎？」即便並非當事人，一想到那樣的情景，我的手心都忍不住被冷汗給浸濕了。

這傢伙，平時不是挺精明的嗎？怎麼就突然腦袋短路，哪裡不選，非得選在自家附近親熱？這下可好，好不容易瞞了他家人那麼久，現在因為這種小事被曝光了。

「喂，妳傻啦？真要發生什麼的話，我現在還能這樣笑笑地跟妳說話嗎？」電話那頭傳來了揶揄聲。

「這麼說好像也對。」我若有所悟地點頭。

「但妳會有這樣的反應也很正常，畢竟當時我自己也嚇傻了。」他笑道，「我媽當場也沒說什麼，只是瞥了眼德明，然後面無表情地說晚上回來再單獨跟我談談。那天下午我在家裡整個如坐針氈，一方面怕她承受不住，一方面又怕她會把我臭罵一頓——如果只是這樣也許還算好了，我甚至連被打斷腿或趕出家門都想過，整個超痛苦的，哈哈。」他雖然說得雲淡風輕，但我聽了總覺得沒由來地心疼。

一直以來，為了這段感情，他獨自承受了多大的壓力呢？

「可是後來我媽回來後，她也只是神情複雜地嘆了口氣，跟我說，其實她早就有點感覺了，雖然一時之間還是無法接受，但只要我想清楚了，她會試著慢慢支持我。」尹修的聲音聽起來有些顫抖，「雖然現在的她還沒有辦法支持我，但我還是覺得自己很幸運。真的，很幸運……」欣喜的情緒與感動混在一塊，我依稀聽見電話那頭的他有些哽咽。

「尹修……」聽到這裡，我也不自覺感到一陣鼻酸。

「唉，但是她也說，我爸那種老古板要是知道的話，鐵定會氣到沒辦法接受，要我自己不要像這次那麼不小心。」他嘆了口氣，但立馬又打起了精神，「不過光是她願意試著接受我就已經很開心了，其他的東西，以後再煩惱吧。」

「我只是想先跟妳說這件好消息——妳是第一個知道的。也順便謝謝妳一直都那麼支持我，是妳讓我知道，愛一個人並不是件噁心或可恥的事。」他笑著說，「早知道就聽妳的話離家前先跟我媽說了，哈哈。」

「啊啊——你突然道什麼謝啦？真是，怪肉麻的。」明知他看不到，我仍舊蹙眉，故作嫌棄地擺了擺手，「真要謝的話，就給我就給我空出時間來，請我吃大餐。」

儘管現在按理來說該是沉浸在感動的時刻，但敲詐什麼的，當然還是要趁別人對你滿懷謝意時較能成功啊。

「那當然，等我忙到一個段落就請妳吃頓好吃的，吃完之後再去續攤。」相較於我的小心機，他倒是很乾脆地一口答應，「啊，對了，一時講得太開心，差點都忘了還有件事要跟妳說。」他的語氣不知為何瞬間變得嚴肅。

「嗯？」我應了聲。

「我今天在路上好像有看到那個混蛋，妳自己注意點。之前他不是還說什麼要重新追妳的鬼話嗎？我有點擔心妳要是被他碰到會被死纏爛打。」

「喔，你是指羅以廷啊？」我不禁失笑，「別擔心，我和他談開了，已經沒事了。啊，說起來那天還剛好是我生日，很巧吧？」

聽到他充滿關心的話語，我的心中感覺暖呼呼的。雖然之前有想過要和尹修講，但一想到他生活那麼忙碌，再加上他自己要煩惱的事情也已經夠多了，就想著沒必要特別講。

電話那頭的尹修沒有立馬回話，片刻後，我才聽到一絲微弱的聲音傳來——

「是嗎？」他的語氣有些冷冰冰的，與方才的歡樂形成了反差，我頓感錯愕。

「怎麼了嗎？」

我小心翼翼地詢問，但電話那頭始終沒有傳來回覆。就在我以為是訊號不好還是通話斷了時，尹修的聲音再次從聽筒中傳來——

「回想起來，這好像也不是第一次了。難怪倪子晴那傢伙會那麼說。」

「咦？你說什——」

「有些時候，我真的不太確定妳有沒有把我當朋友。」

他的話語聽起來夾雜著濃濃的苦澀與失落。

「什、什麼？」

發生了什麼事？他怎麼突然這樣說？

然而我還沒來得及反應過來，他就斬斷了我進一步詢問的可能，「時間也不早了，我還有事情要忙，先掛電話了。妳也早點休息，晚安。」不待我回話，他便率先將電話給掛斷了。

說是時間不早了，但現在也才快八點而已啊？

望著已然暗去的手機螢幕，我呆坐在椅子上，久久不能反應過來。

*

「我爸今天值晚班、阿嬤又去姑姑家了，我一個人又餓又累地待在家，還只能拿微波義大利麵來果腹，實在是太悽慘了！」

將訊息送出之後，我又附上了張空蕩蕩的餐桌上擺著盒仍覆著冰霜的義大利麵的照片，然後把手機丟到一旁，無力地趴在餐桌上。

「那妳幹嘛不出去吃？」螢幕因為新訊息而亮起。

「才不要，因為沒趕上公車，我剛從轉運站走了整整快四十分鐘回家欸！累都累死了……都我爸啦！回到家還想說怎麼都沒人，發訊息問他才發現他忘了提早跟我講。早知道就不用趕著回家，在市區先吃晚餐了。」

因為我家位於住宅區的緣故，不會騎車和開車的我若真要再為了買晚餐出門的話，距離最近且口味又能接受的餐廳必須得走上好一段路，這對早已滿身大汗又雙腳痠痛的我而言，無疑是一種酷刑。

「懶鬼，不會自己煮啊？」

「關於這個……其實我不太敢自己開瓦斯，哈哈！」

這也是為什麼我擅於製作甜點，卻很少做正餐的原因——真要煮的話是也可以煮得不錯吃，但我仍舊能避免就避免。

「……」

「瓦斯很可怕欸。」

每當試著轉開瓦斯時，那點火的答答聲都會令我感到無比焦慮，深怕一個不小心就會引發爆炸。相較於需要頻繁操作瓦斯爐的正餐，甜點用到瓦斯爐的機率就小多了，每每有需要的時候只要麻煩爸爸或是阿嬤幫我開一下就好，這讓我感到安心許多。

「原來妳是生活白癡啊。」

「你才生活白癡，你全家都生活白癡！」

無法苟同，我氣惱地傳了一大堆貼圖。

「好啦，不鬧妳了。」他傳了個可憐兮兮的道歉貼圖，但我才沒那麼輕易買帳。

「哼。」

「不過講真的，還是妳要來我家吃？我才剛煮，份量應該足夠再多給一個人吃。」

「咦？這樣你家人會很尷尬，不太好吧？」

無法否認我的確有點心動——畢竟好久沒有吃到莊儀程做的菜了，但一想到我的出現可能會破壞人家溫馨的用餐時光，就感覺自己實在是沒理由答應他的邀約。

唉，該死的矜持。

我瞪了眼擺在桌上的那盒義大利麵，覺得自盒緣滴落的水珠就像是自己流淚的心。

「沒事啦，我家現在也就我和我弟在而已。再說了，多一個人一起吃飯也比較熱鬧啊。」

怎麼辦？他都這麼說了，可是……

「快喔，今天有煮妳愛吃的。」

「我去，我要去！」

回過神來我才發現，自己的手指竟比大腦先一步行動了。看著發送出去的訊息，我整個人趴在桌上，有些羞赧地揉了揉自己的頭髮。

這可不能怪我啊，畢竟矜持誠可貴，晚餐價更高——尤其是莊儀程煮的。

悟透了這個道理，我起身將退冰中的義大利麵丟回冷凍庫，開始了赴約的準備。

＊

我輕倚著圍牆，拿著自己的安全帽，等待莊儀程騎車來接我。

十二月初，時序已進入初冬，然而深秋的氣息依舊濃厚，夜晚人煙稀少的街道上仍舊可見幾片從光禿枝頭飄落下來的泛黃葉片，這般蕭瑟的景色讓我不自覺地惆悵了起來。

前些日子裡，即便莊儀程和葉尹修都不約而同地對我說出了些怪異的話，但在那之後，我和他們倆的關係卻呈現完全不同的走向。

莊儀程依舊如往常一般和我相處，就像上次在天臺上作惡夢之後一樣。我感覺得出他的確是隱瞞著些什麼，但他既然都說沒事了，硬是要深入探究也未必是好方法。懷著「他想說就會說了」的想法，我和他之間的相處其實與以往沒有太大的差別。

然而尹修就比較不一樣了。

我始終無法理解為什麼那天的對話會導出「我沒有把他當朋友」這樣的結論，可在那之後，每每我傳訊息想要和他談談這件事，他總會以「我在忙」、「之後再說」等說詞推託，不讓我有絲毫機會深入探究。

瞬間被拉開的距離讓我感到無比錯愕，卻不知道該怎麼做。若是這樣的情形可以被稱作「冷戰」——雖然看起來是他單方面不理我——那這還真是我們認識以來第一次真正意義上的衝突。

嘆了口氣，我百般無聊地開始盯起自己的鞋子看。

純白的鞋子不知何時被弄髒了一小塊，任憑我蹲下身來怎麼用手擦拭都無法抹去那塊髒汙。

什麼啊？心底這股讓人熟悉的煩躁感與不安是怎麼一回事？

我趕忙站起身，搖了搖頭，想要將漸趨負面的想法甩出腦袋。

尹修一定是太忙了，壓力太大才會突然這樣，過一陣子就沒事了吧？

一定是這樣的，打起精神來！想著，我深吸口氣，拍了拍自己的臉頰。

「妳在幹嘛？」

大概是太專心思考的緣故，我完全沒發現莊儀程已經到了。他一臉怪異地看著我，好像我是什麼珍稀生物一樣。

「你到了怎麼都沒聲音？」我感到尷尬，忍不住乾笑了幾聲。

他瞇起了狹長的雙眼，「哪沒聲音？是妳自己不知道想什麼想得出神的。」說完，他拍了拍機車後座，「上來吧，妳應該餓壞了吧？」

我這才趕忙戴上安全帽，跳上後座，任憑隨風而逝的風景帶領我朝晚餐駛進。

*

我沒料到莊儀程的家距離我家竟有這麼段距離，機車行駛了約莫二十多分鐘後才停在了一棟公寓大廈前。一路上挺直腰支，小心翼翼地避免自己碰到他的背的結果就是下車後，我只覺得自己脊椎都要散了。

「原來你住在這一帶。那你怎麼會和尹修讀同個國中啊？我記得那間國中的學區應該不包含這裡啊？」抬起頭來，我眺望面前的大樓，納悶地向身旁那人詢問，右手還不忘敲了敲僵硬的背部。

「遷學區什麼的不稀奇吧？」

「話是這麼說，不過我記得這裡的國中升學率比較好吧？」我對他的回答感到困惑，但他沒有接話，聳了聳肩後便領我進入大廳，一路搭乘電梯來到了五樓。

「逸陽，我帶朋友回來囉！」莊儀程推開門後朝屋內喊道。

最後一個字還沒落下，一陣急促的腳步聲便傳入耳中。甫脫下鞋子，我抬起頭來便看到一名約莫八、九歲的孩子直直地撲進了他的懷中。

「哥哥，你回來了！」軟萌的聲音被埋沒在擁抱中，聽起來有些悶悶的。莊儀程揉了揉他的髮絲，帶笑的眼裡寫滿寵溺。

天呀，好、好可愛！

一顆心被眼前的畫面給擄獲的我，差點就想從口袋中拿出手機來拍下這樣的畫面。而就在我如是想道時，那名男孩自莊儀程的懷抱中探出頭來，滿臉好奇，「哥哥，她是誰啊？你女朋友？」

「你才幾歲，怎麼就女朋友來女朋友去的？」莊儀程捏了捏男孩的臉頰，說：「她是我朋友，我請她來吃晚餐的。來，和阿姨打聲招呼。」

「喂，誰是阿姨？」我惡狠狠地瞪了他一眼。

男孩對我甜甜一笑，嘴邊的酒窩讓他看起來更是可愛，「姐姐好！」

啊啊——真是個乖巧的孩子呢。

我也回以他一個大大的笑容，只想將這麼個懂事又可愛的孩子緊緊抱在懷中。

*

坐在餐桌邊，等待餐點的我感到新奇地環視起他們家內部。

屋內的擺設簡潔大方，完全不顯凌亂。潔白的牆面中有一區是照片牆——上面掛著逸陽的塗鴉還有不少裱了框的照片，因為離它有些距離，我看不清內容——整體而言，風格簡約卻又不失家的溫馨。

因為出去載我的緣故，原本熱騰騰的晚餐已經冷掉了。將食物重新加熱並裝盤遞到我面前後，莊儀程也一同坐了下來，拿起一旁的叉子開始享用自己那份餐點。方才就已經用完晚餐的逸陽現在正在房間內寫作業，偌大的餐廳中迴盪著叉子與瓷盤的碰撞聲以及我們倆的交談聲。

「又是番茄海鮮義大利麵。你不會以為我喜歡的只有這樣吧？」我噘起嘴來，將麵條用叉子捲起，放入口中。

雖然是真的很好吃，但我還以為今天可以吃到些不一樣的東西。

「還嫌，有得吃就不錯了。」他拿叉子指著我，「況且妳自己那麼晚說，我煮都煮下去了，也沒得改啊。妳下次要吃提早說，不用提示我，我保證能煮出妳喜歡吃的。」他自信滿滿地將麵條放進口中，嘴角還不小心濺到了些茄汁。

這麼說也對。我原本可是只能吃微波義大利麵的，是該知足了。

我滿懷感恩的心挑起了一顆蛤蜊，問：「你父母都工作到那麼晚喔？」

牆上的掛鐘顯示現在的時間已經將近八點了。

「喔，對啊，我之前說過嘛。其實不只是做菜，因為這樣家事那些我也蠻擅長的，甚至帶小孩也還算可以吧？雖然現在逸陽都是去安親班待到他媽來接啦，但以前我還念高中的時候——」

「哇，你根本就可以嫁了！」他才講到一半，我便驚訝地張大嘴，「你到底有什麼東西是不擅長的啊？」

既會做菜、做家事，還會彈吉他、攝影、打球，就連讀書好像也很擅長，相比之下我頓時覺得自己一無是處。

「呃，做甜點吧？還有我不會游泳、害怕看牙醫……」他扳著手指一一細數著。

「害怕看牙醫是哪門子的不擅長啊？」聽到這裡，我忍不住哈哈大笑，一旁的他也撓首笑了。

「說起來，你跟逸陽歲數差好多喔。」止住笑意後，我將最後一口麵吃下肚，滿足地接過他遞給我的面紙擦了擦嘴角。

「還好吧？他今年八歲，國小二年級。」

兩人的年紀差了快一輪啊？我點了點頭，「還以為兄弟待在一起就會打架或吵架之類的，沒想到他看起來反而挺黏你的。」

印象中，之前回外婆家總會看到表弟們互相欺負來欺負去，偶爾還會打成一團。不知道這兩家的差異是不是源自於年齡差的不同呢？

「除了性別歧視，原來妳對手足關係也有偏見啊？」他不禁失笑，「但我覺得，有時候打打鬧鬧反而是感情好的象徵吧？」說完，他起身將空了的盤子與餐具一同收走，打開水龍頭，在嘩啦啦的水聲中開始清洗起水槽中的碗盤。

「欸？是喔。」沒有手足的我有些難以體會。若有所悟地應了聲，我撐著頭，凝望著他的背影。

「剛吃完飯妳先休息下吧，看是要去客廳坐坐還怎樣。等我洗完碗就送妳回去。」他手裡清洗的動作沒有停下，回過頭來和我說道。

想到等等就要離開了，我的腦海中浮現出那抹可愛的身影，於是便朝他認真洗碗的背影說：「那我去跟逸陽說聲再見。」

清楚地聽見他應了聲後，我便邁開腳步往逸陽房間的方向走去。

通往逸陽房間的路上剛好會經過那面照片牆，方才沒能看清楚的我忍不住好奇地在那之前停下腳步。

逸陽剛出生的時候好小、好可愛啊！照片中抱著他的那名女子就是他們的媽媽嗎？看起來好年輕呢……

看著看著我大致上發現，從照片中逸陽的外表來判斷的話，這面照片牆應該是將以前到現在的照片依序由左而右排列。然而接連看了幾幅照片後，我赫然發現一件有點詭異的事情——左半邊的照片怎麼完全不見莊儀程的身影？

是巧合嗎？那個年紀生性彆扭不愛拍照？還是什麼別的原因？

「看什麼呢？」

身後突然傳來莊儀程的聲音，不知為何我像做壞事怕被發現的小孩一樣，嚇得渾身一顫，「快去啊，我碗要洗完囉。」說完，他對我笑了笑。

「嗯……喔。」有些心虛地應了聲，我趕緊再次邁開腳步，往逸陽的房間走去。

來到了逸陽的房門口，我輕敲了敲他的房門，「逸陽，我是苡孟姐姐，等等我就要回去囉。」話甫說完，面前的門就被打開了，「咦？這麼快嗎？還想說趕快把作業寫完就可以請姐姐陪我玩的……」逸陽癟著嘴，失望的神情全寫在臉上，讓人看了很是揪心。我朝敞開的房門內瞥了眼，發現書桌上擺著幾本攤開的作業簿。

真的是十分乖巧的孩子呢。拉開一抹微笑，我蹲下身來拍了拍他的頭，「那姐姐下次再來陪你玩，嗯？」

「嗯，打勾勾！」他曲起三根手指將手伸向我，我勾起他的小指，大拇指與他的相對。

「不過，姐姐妳真的不是哥哥的女朋友嗎？」逸陽一臉疑惑地偏首望著我。

「呃，不、不是啦！」我驀地感到頰上一陣燥熱，趕緊直起身來，慌亂地對他直搖手。

「可是，哥哥以前都沒帶朋友回來，姐姐妳是第一個呢，第一個就是很特別的意思吧？」他水汪汪的大眼睛眨巴眨巴地盯著我看。

「哈哈，特別嗎？希望是呢……」我感到不好意思地捂著後頸，「啊，對了，逸陽，你可不可以偷偷告訴姐姐，你哥哥的生日是什麼時候啊？」我靈機一動，蹲下身來小聲地對他耳語著。

想起前些日子他給我的生日驚喜，若是他的生日由我直接問他本人的話，好像就顯得遜掉了。然而身旁唯一能回答我這個問題的尹修最近又不理我，我只好求助於眼前的逸陽了。

意料之外地，逸陽並沒有立刻回覆，臉上的表情瞬間變得有些奇怪，抿唇不語了幾秒後他才又開口：「唔，姐姐妳……不知道嗎？哥哥他不太喜歡過生——啊，哥哥！」說到一半，逸陽突然驚呼出聲。

「你們在聊什麼呢？」低沉而有磁性的聲音在我耳畔響起，我嚇得瞬間無法思考。

他走路怎麼一點聲音都沒有啊？

「嘿嘿。」緩緩回過頭，我尷尬地對他笑了幾聲。

「嘿什麼？我洗完碗了。走啦。」說完，他伸手揉亂我的頭髮，逕自朝門口走去。

「急什麼啦？等我一下嘛！」我趕緊追了上去，還不忘回過頭來向逸陽揮手道別。

＊

回家路上，迴盪在我耳畔的只有呼嘯而過的風聲，我們倆彼此之間幾乎沒有什麼對話。

雖然這樣的情況不免讓我感到有些小尷尬，但這正好也讓我有時間靜下心來思考一些事情——

牆上那些照片為什麼缺少了莊儀程？

逸陽本打算說的是「他不喜歡過生日」吧？真是這樣，背後的原因又是什麼呢？

然而不論我怎麼想，始終都理不出一絲頭緒來。不同於去時感到很長的行車時間，當我回過神來時，車子已經停在了我家門口。

「一路上想些什麼呢？都沒講話。」他將機車停好，把自己的安全帽取下後朝我勾起嘴角。

「啊？分明你也都不說話吧？」

他聳肩，沒有否認。

「總之，謝謝你今天的晚餐，真的很好吃。時間也不早了，那我就先進去啦，你也快回去休息。週一學校見。」我對他揮了揮手，甫一轉身，他又開口——

「剛才我注意到妳在看牆上的照片，也聽到逸陽跟妳說了些什麼。」聽到這裡，我已經邁出的步伐頓住了。回過身來，對上的是他含笑的雙眼，「不好奇嗎？沒什麼想問我的？」

我望向他閃爍著微光的黑眸。雖然是笑著的，但我總覺得他看起來有種無以名狀的哀傷，甚至還有那麼一絲的……恐懼？

為什麼恐懼？他在害怕些什麼？

「每個人的生活，都有它的難處吧？」

我突然想起尹修苦笑著如是說的那抹身影。

心底莫名感到有些酸酸的，我走向他，直勾勾地望進他的眼中，說：「要說不好奇的話，那是騙人的。」

直到現在，我仍舊偶爾會為他沒將某些事情告訴我而感到小小的失落，也會不自覺地好奇他沒有說出口的那些事究竟是什麼，但這樣的失落與好奇心，和「我希望他好好的」這件事比起來，就顯得不那麼重要了。

「但就像上次我在天臺上跟你說的，我不需要你給我一個解釋，只要知道你好好的，那就足夠了。」

我輕輕拉起他垂在身旁的雙手——大概是因為方才騎車的緣故，他的手較平常顯得更為冰冷——將它們包覆在我的兩手之間，「有時候，我總覺得你看起來莫名有些哀傷。到底怎麼做對你才是最好的呢？至今我還是不太清楚。但至少我知道，一味地叫你說出來，那並不是溫柔。」

「無論你說或不說，我都在這裡，你只要知道這一點就好。」我對他漾開一抹笑容，「再說了，真要說的話，我也希望是你自己願意告訴我的。這樣的話，我會很開心的。」說完，我感到不好意思地嘿嘿笑了兩聲。

天邊稀稀朗朗地綴著幾點星子，被風吹起的落葉在地上滾動發出的沙沙聲迴盪在寂靜的夜晚街道。我看見眼前微低下頭的他抿緊的雙唇隱隱顫抖著。儘管他穿著大衣，暈黃的路燈下，他的身影看起來卻十分單薄。我不自覺加深了握緊他手的力道，他沒有說話，只是一個施力，將我帶入懷中。

他將頭輕輕擱在我的肩上，我能夠感受到他心臟沉沉的跳動還有身體輕微地戰慄。他均勻而規律的吐息讓我感到脖子有些癢癢的，我收緊左手，右手輕拍著他的背部。過了好一會兒，才聽到那道悶悶的聲音自耳邊響起——

「謝謝。」

「不用謝，你沒事就好。」我的語調很輕、很輕。

「我，很害怕……」他好不容易掙出喉嚨的聲音聽起來有些乾澀，「妳會一直在的，對吧？」他收緊的雙手仍在顫抖著，讓我感到萬分不捨。

「嗯，我一直都在，哪裡都不去。」像是要傾盡所有情感一般，我堅定無比地一字字說著。我們就這樣緊緊相擁，感受著彼此的心跳與吐息。夜晚暈著昏黃的路燈將我們交疊的身影拉得老長，沿著不甚平整的柏油路向他身後一路延伸。

儘管隔著千言萬語，然而我知道，此刻的我們，是緊緊相連的。

「謝謝妳。」

片刻後，他再次向我道了謝。緩緩鬆開緊抱的雙手，深吸了口氣後將之重重吐出，他的唇邊略顯僵硬地綻開一絲淺淺的笑容，「再給我一些時間……等哪天我能夠說出來的時候，妳……願意聽嗎？」他的目光有些閃爍。

我微微一怔，隨後拉開一抹大大的微笑，「那當然。」

有些黯淡的夜幕下，我們相視而笑，他眼底的流光看起來既美麗又脆弱。

只是當時的我怎麼也不知道，那一個美好的夜晚，就像是颱風登陸前的火燒雲一樣——夕日將最後一絲餘暉努力投向天空，美麗的霞光為大地披上一層薄紗，周圍的一切就像是被上了層溫暖的濾鏡般——殘酷地以旖旎絢爛的光景，昭示著暴風雨前的寧靜。

第十一章　那些逐漸崩壞的

酒精的味道再濃，都沒能掩蓋住生活走味的事實。

雜亂無比的書桌上擺著臺正透過耳機隨機撥放西洋流行樂的筆電，一旁散落的教科書與參考書幾乎將整張小小的書桌給佔滿。我小心翼翼地清出一小塊空位，埋首其中整理著筆記。

再三個禮拜就要期末考了。

依稀記得前不久才剛開學，沒想到轉瞬間期末考就已經逼近眼前了，這讓原本立志成為用功好青年——奮發向上，每天預習兼複習——但之後總抱著筆電在宿舍追劇的廢宅我好生恐懼，只得趕緊借學霸莊儀程的筆記來抱抱佛腳。

平時我們都是約到圖書館一塊兒讀書的，但和邊緣人我不一樣的是，莊儀程是有參加系隊的。儘管已經臨近期末考，今天的他仍舊和他愉快的小夥伴打球去了，留下我一介學渣在宿舍裡與成堆筆記乾瞪眼。

可惡，明明是同一個老師，為什麼他抄的筆記就那麼有體系，而我的就連自己有時都還看不太懂？再說了，他分明參加了不少活動，為什麼還能夠把課業維持得那麼好呢？

疲倦地趴在課本上，我嘟起嘴唇，將原子筆放在嘴唇上方悶悶地想著。

「又在耍廢啦？剛才到現在妳這才讀了多久啊？」說話的人是我的室友之一，她冷冷地瞥了眼趴在桌上的我後，便又埋首回書堆中。

「嘿啊，妳要是再這樣廢下去的話，不怕明年變學妹？」另一個頭上夾著鯊魚夾的室友推了推眼鏡，故作嚴肅地說。

「不要烏鴉嘴啦！我是也沒廢成那種地步好嗎？」我對著她們倆不平地嚷嚷著，「真羨慕那些可以輕鬆考到好成績的人。」無力地靠向椅背，我望著有些斑駁的天花板喃喃自語道。

到了大學之後，才發現高中競爭激烈歸激烈，但大學裡怪人跟神人才是真的多到一個令人不敢置信的地步，像我這種苦讀型的小平凡，就只能認分地當他們的墊背。

但喪氣的話說歸說，該念的書還是要念的。挺起身子，我握起筆，正打算繼續埋首奮鬥時，一旁的手機卻突然震動了起來，亮起的螢幕跳出了訊息通知。

是尹修。

顧不得還沒完成的進度以及室友訝異的目光，連書都沒來得及闔上，我抓起隨身包包便奪門而出。

*

訊息上寫著「我在老地方，要來不來隨意。」

即便這則訊息的語氣讓我感到不太尋常，我仍舊毫不猶豫地選擇去見他。

那麼長時間以來都避不見面的尹修，如今卻主動願意見我，無論他這段期間的怪異是怎麼一回事，都等到見到面、說上話後再說吧。

尋思著這個「老地方」指的應該是河堤上——我們以往都約在上面吃喝聊天——小跑步來到了河堤上，平復了下紊亂的氣息後，抬頭一看，果不其然在不遠處發現了那抹許久未見的身影。

「葉尹修！」我再次邁開腳步朝他跑去，「你最近是怎麼啦？一直都怪怪——咦？」話說到一半，我赫然發現他的身旁散落了不少壓扁的啤酒罐。

尹修很喜歡喝啤酒，每每我們一起來這聊天他都要喝上幾罐。

我曾問他那種苦得要命的東西究竟有什麼好喝的？而他只是一臉老成地搖著食指，說出很帶廣告感的字句：「妳不懂，那是人生的味道。」

可即便再怎麼熱愛喝酒，他也不是會讓自己喝得爛醉的人。他總說酒這種東西喝個微醺就好，喝多了就不是人生的味道，而是想吐和頭痛的感覺了。也因此和他出來那麼多次，我從沒看過他喝超過三罐的。

但如今散落在他身旁的啤酒罐少說也有四、五個，而他手裡還拿著一罐在仰頭猛灌。

被眼前的景況嚇到了，我只能僵在原地，動也不動地望著他。

就在我不知道該說些什麼時，尹修率先開了口：「喔，妳還真來啦？坐下啊，一個人傻愣在那兒做什麼？」他抬起頭來，就算是在夜晚，我仍舊看得見他的滿臉通紅，還有那失焦的雙眼。

竟然會讓自己醉成這樣，他究竟是怎麼了？

「既然是你找我，我當然會來啊。」咬緊下唇，我坐到他身邊，思忖了好一會兒後又說：「這些日子以來自顧自地閃躲對方的人可不是我。」

「喔？原來妳會在乎啊？」他嘴角勾起了略帶嘲諷的弧度，原本澄澈無比的黑眸此刻看起來十分混濁。

「什麼在乎不在乎的？你是我朋友我當然——」

「朋友、朋友！妳滿口朋友，說得好像妳真有把我當作是朋友一樣？」他激動地打斷了我，說話的聲音漸漸大了起來。

什麼意思？我沒把他當朋友？

面對那麼大聲吼著我的他，我突然感到陌生，「你什麼意思？」

「問我什麼意思？」他呵呵笑了幾聲，仰首又灌了口啤酒，用手背粗魯地抹去自嘴角溢出的液體，嘴角的笑容頓時顯得哀戚，「我才想問妳什麼意思？這麼久以來，我什麼都告訴妳了，開心的、不開心的，全部都告訴妳了。但是妳呢？妳又曾經向我傾訴過什麼？所謂的朋友是這樣的嗎？如果妳從來都不需要我，那我也不需要妳的施捨。」最後幾個字糊在一塊兒，幾乎被突如其來的乾嘔給覆蓋住。

見狀，我大驚失色，完全顧不得方才他說了什麼，趕緊拍了拍他的背，試圖為他緩解不舒服的感覺，「喂，你還好嗎？」

他沒有回答我的問題，只是逕自說著讓我摸不著頭緒的話，「你們一個個都這樣……」他的聲音糊成一團，我費了好大的力氣才辨識出他在說些什麼，「你們都是這樣……一個個都不把我當一回事，無論發生了什麼都不告訴我，全都自顧自地藏在心裡，我就這麼不值得信賴嗎？你們……到底把我當作什麼了啊？」他望向我的眼神空洞無比，眼眶甚至有些濕潤，嘴角勾起的笑容十分僵硬，連指著我的手都微微顫抖著。

我試圖理清頭緒，但還沒來得及再問些什麼，他身子一個癱軟就要往旁邊倒去。我趕緊將他的身子拽向我這邊，他整個人的重量就這樣壓在我的肩上，渾身的酒氣讓我不禁眉頭一皺。

「喂，尹修？你醒醒啊！」我一邊呼喚著他，一邊用手輕輕晃動他的肩膀，然而緊閉的雙眼、蹙緊的眉頭、夢囈般的呢喃，一切跡象都再再顯示著他已經完全醉倒了。

這傢伙，把自己喝成這樣幹嘛啊？

嘆了口氣，我開始思考要怎麼處理已經醉得不醒人事的他。

記得尹修的通訊錄是依照「類別」來排序的——他會在人名前加上「朋友」、「家人」等字眼，讓自己能更快在通訊錄中找到想要的電話號碼——思及此，我趕緊從他外套口袋中摸出他的手機，打算打電話給他的室友，請他們出來一趟將他領回。

就在我滑開他手機的螢幕鎖的同時，螢幕上方跳出了訊息通知——

「和你說了又能怎樣？這樣事情難道就能解決嗎？」

「我才不懂你為了這種小事在不開心什麼。」

是顧德明。

我微微一怔，方才尹修會那麼反常，難道就是這個原因嗎？

算了，現在不是想這個的時候。

點進通訊錄，好不容易在裡面找到了他室友的手機號碼，我撥了通電話簡短交代了事情經過，之後便坐在原地等他們來接尹修。

初冬的夜晚已經有些冷了。方才出門太過匆忙，忘了披上足夠保暖的外套，一陣涼風吹來，我忍不住瑟縮了下身子。

偏首望向靠在我肩上的尹修，待他的吐息漸趨規律，眉頭也逐漸舒展開後，我這才終於能靜下心來思考整件事情的來龍去脈。

回想起最初尹修態度的驟變是在他發現我和羅以廷早就已經談開之後。那時他突然說了句讓我摸不著頭緒的「我不確定妳有沒有把我當朋友」，而今他又質問我是否曾向他傾訴過什麼。

我想，我大概能拼湊出他想表達些什麼了。

「我們不是朋友嗎？為什麼你總是不願意多依賴我一些呢？」回想起來，當初的我也對莊儀程懷抱著一樣的心情啊。

話是這麼說，但我與尹修認識的時間幾乎是我認識莊儀程時間的好幾倍長，倘若情緒隨之放大數倍，和顧德明的事情攪和在一塊兒後終致潰堤並不難理解。

至於他和顧德明的事情究竟是怎麼一回事，光看那三言兩語我仍舊不太了解，但根據我的猜測，也許是顧德明一樣有什麼沒告訴尹修吧？

世界上有太多令人稱羨的愛情，最終不是輸給物理間隔，而是輸給了心靈上的距離。

原來，就連堅定地牽手走了那麼久的他們也會有這種疑慮嗎？

我望向尹修熟睡的臉龐，他褐色的髮絲在風中有些凌亂，幾縷髮絲落到了他鼻尖，惹得他無意識地努了努鼻子。

尹修平時總是一副遊刃有餘的模樣，就算有什麼不開心的事情也是笑笑就過去了，如今他這麼脆弱的模樣我還是我第一次見到。

我自以為是的溫柔是不是在不知不覺中傷害了他呢？

嘆了口氣，我將視線放到了夜空——今晚的月亮濛濛的，在雲層中看不清模樣。

等他心情平復點後，再找個時間和他談談好了。

＊

那天尹修的室友來接走他之後，我特別叮囑他們替我注意一下尹修的身體狀況——原本擔心他冬天晚上穿得不多在那裡喝酒會著涼，好險最後只是宿醉外加翹了一天課而已。

隔天晚上，我就收到了他傳來的訊息。

「抱歉，昨天晚上有點失控了。」語氣依舊是冷冰冰的，但至少比前陣子的愛理不理好。

「沒事，我知道是你太累了。身體好點了嗎？下次別再喝那麼多酒了。」

「嗯。」

「還有，關於你那天說的那件事，我想我們之間是有點誤會，有時間的話出來談談吧？」

「之後再說吧，快期末考了，先專心讀書要緊。」

「喔……」

雖然不是很意外，但我仍舊感到有些失落。看著他的已讀，我猶豫了片刻後又敲了敲鍵盤，「那天為了打電話給你室友，我不小心看到了你跟顧德明的訊息。」

已讀。

「我怕這樣說會有點多管閒事，但我覺得，你還是好好跟他談談吧。我相信你和他之間的不愉快，就像這段期間我和你的生疏一樣，都是場誤會。」

已讀。

「還有，如果你想知道我這段期間的煩惱是什麼的話，大概就只有某人一直不理我而已吧？哈哈！總之，期末考加油！」

一樣已讀。

唉，算了。我關上手機螢幕，嘆了口氣，正打算繼續讀書時，手機螢幕驀地又亮了起來——

「謝謝，我會好好和他談談的。」

「期末考後見。」

望著他意料之外的回覆，我想，此刻的我，臉上的表情一定就像他句末那個微笑的表情符號一樣吧？

*

如果說前些日子時間過得像開火車一樣快，那考前的日子就可謂是以開飛機的速度在飛快流逝了。明明覺得自己才讀了點書，但轉眼間下週馬上就要期末考了。

為了將最後的佛腳抱好抱滿，這兩個週末我並沒有回家的打算，下定決心待在圖書館或宿舍閉關苦讀。然而或許是我太高估自己的耐力了，讀了整整兩個多禮拜的時間，我的忍耐已經到了極限，於是週五晚上，我拒絕了莊儀程去圖書館讀書的要約，決定躺在床上耍廢一整晚。

「就算要耍廢，晚點至少也要再讀個一小時的書。明天約在咖啡廳，我幫妳做最後的總複習。」就在我抱著手機在床上滾來滾去時，莊儀程的訊息跳了出來。

嘖，真像老媽子。

對著螢幕努努嘴，我敷衍地回了他句「好、好」後，打算繼續看完方才看到一半的漫畫，然而當我跳出了與他的對話視窗後，我這才發現我的通訊軟體已經積累了不少則未讀訊息。

「唔，乾脆趁這個機會來回一下好了。」盯著那整排待讀的訊息，我不由自主感到麻煩地咬了下指甲，隨後一一點開視窗，慢條斯理地回覆起來。

訊息量多歸多，但大多是些無關緊要的訊息——姑姑傳來的長輩圖、還算熟的朋友傳來的問候——真正重要的訊息我通常早就回覆完了，因此回覆起這些訊息認真說來並不費力。

沒幾分鐘，我就把所有未讀的訊息給回覆完畢，整個介面乾淨的模樣讓我感到舒心地勾起嘴角。

「好，看完這篇漫畫後再讀下書，然後就去洗洗睡吧。」伸了個懶腰，我從床上爬起，背倚床板正要將通訊軟體關掉時，赫然想起了一件事——

爸好像很久沒打電話給我了？

若是平時，爸爸每天都一定會傳訊息給我，和我聊學校、聊課業，更多時候是互傳些意義不明的貼圖——我總是不知道他為什麼會有那麼多奇怪的免費貼圖——即便我們通常不會聊太久，也不一定真有那麼多話題，但至少每晚睡前他一定會提醒我早點就寢。除此之外，我們每隔兩、三天也會通一次電話，就算只是短短幾分鐘的對話，只要聽到阿嬤和爸爸的聲音，我的心底就會感到踏實許多。

然而，最近這幾天不要說是聊聊或打電話了，就連叮囑我不要熬夜的訊息都少了。點進和他的對話框，我這才發現我們已經一個多禮拜沒講電話，而上次收到他的訊息也已經是前幾天的事了。

真是奇怪，他最近是在忙些什麼嗎？

感到納悶地傳了張貼圖過去後，我盯著傳送時間上方，期待著「已讀」兩個字的出現，但約莫過了五分鐘都沒有動靜。

該不會是今天值晚班？算了，直接打電話過去看看吧。

我按下了通話鍵，嘟嘟聲在寂靜的寢室裡格外清晰——室友都回家或是去圖書館讀書了，原本擁擠不堪的寢室頓時變得空蕩蕩的。

嘟嘟聲持續地響著，一開始的不安到了後來轉變為煩躁，我揪緊衣服下襬，焦躁地咬起下唇。

我沒有擦護唇膏的習慣。嘴唇在乾燥的冬天中有些乾裂，咬著咬著不自覺就想將脫落的皮給一併咬掉，卻在用牙齒將它撕起時嚐到了一絲鐵銹味。

啊，流血了。

手指一摸，痛覺自唇瓣竄入大腦，低下頭，只見指尖上殘留著幾滴腥紅色的液體。

正當我打算起身拿面紙擦拭時，電話突然接通了，我趕緊坐回床上，將手機放到耳邊，「喂？」自聽筒另一端傳來的聲音聽起來很是疲倦。

「爸，你在忙嗎？」

「沒有。」

「喔，那就好。」我點了點頭，「想說你最近很少打電話給我，還以為是發生什麼事了呢，哈哈！啊，對了，阿嬤最近還好嗎？」好久沒有聽到阿嬤的聲音了，總覺得有點想她。

「家裡還好，倒是妳，不是還要準備期末考嗎？不要整天想東想西的，專心讀書比較重要。」

「呃，喔……」我感到有些錯愕，只能愣愣地回話：「那……我先去讀書囉？爸也早點休息。」

「嗯，快去吧。」我聽出電話那端的爸是笑著的，但不知為何語氣中仍泛著濃濃的疲憊。真的沒事嗎？懷抱著這樣的疑問，掛掉電話之後，我又撥通了另一個號碼。

「喂？是苡孟啊？」

「姑姑，我問妳喔，爸最近是怎麼了嗎？」省略了客套的問候，我直奔主題。

雖然姑姑嫁出去了，但她仍舊時常回來家裡坐坐，若家裡或爸真有發生什麼事的話，她一定會知道。

電話那頭沉吟了好半晌，才語帶猶豫地說道：「為什麼這樣問？」

她的遲疑讓我的心瞬間涼了一半。

「爸最近比較少打電話給我，感覺好像也很累的樣子。」緊揪著衣角的手有些顫抖，但我仍舊故作輕鬆地說：「只是想跟姑姑確認一下，但爸爸自己都說沒事了，也許是我自己多心了吧？」

「唉。」姑姑嘆了口氣，「妳爸沒跟妳講大概是不希望妳擔心，畢竟大學最近要考期末考了吧？但讓妳早些有心理準備我想也是好的。不過妳要答應姑姑，跟妳說了之後妳還是要好好考完期末考，知道嗎？畢竟這事也不是一時半刻能夠解決的，學生該盡的本分還是要盡，嗯？」

「嗯，我知道。」

試著保持冷靜而做了幾次深呼吸卻徒勞無功，握著手機的手已經出了不少冷汗，我幾乎能夠聽到心臟在腦海中震耳欲聾地快速跳動著，全身上下的毛孔好似都在叫囂一般，一陣暈眩感驀地向我襲來。

而就在她說出那句話的剎那，所有在我腦中亂成一團的思緒以及幾近衝破腦門的叫囂，瞬間化整為零。

我的腦海中一片空白。

她剛才……說了什麼？

*

「嘔——」

狼狽地蹲在地上，我雙手無力地攀附著坐墊，一個勁地朝馬桶乾嘔著。

方才晚餐沒吃什麼東西，此刻的我只覺得快將食糜與內臟一塊兒嘔出來了。從胃中湧上的強酸讓我感覺喉嚨像被火燒一般炙熱疼痛，腦中一直有個聲音嗡嗡作響，沉甸甸地，我完全無法思考。

等到反胃的感受稍微止住後，我勉強自己站起身，推開門，無視旁人異樣的眼光來到洗手臺洗把臉後，昏昏沉沉地向外走去。

不能待在寢室裡。

再待下去會受不了的。

我要出去，不管去哪裡都好。

只要能讓自己忘記剛才聽到的東西，去哪都好。

諸如此類的字句盤據在我腦海中，除了亟欲逃避現實的渴望，我感受不到任何東西。

就在我接近了宿舍的大門時，我看見剛回到宿舍、正跟身旁朋友交談的子晴。

「咦？苡孟，這麼晚的妳要上哪去啊？」注意到我存在的子晴將視線從本和她交談的人轉移到我的身上，然後倒吸了口氣，「不是吧？妳臉色怎麼那麼糟？身體不舒服嗎？」她走到我面前伸手要摸我的額頭，卻被我給撥開了。

「沒什麼，剛才書讀到一半，心情有點不好而已。」我已經疲倦到連要撐出一個笑容和完美的謊言都沒辦法了。

「啊？騙人的吧？讀書讀成這樣？」子晴噗哧一笑，「至於嗎妳？學測的時候都沒見過妳那麼認真。給我從實招來。不會是吃壞肚子不好意思講吧？」她伸手就要勾住我的肩膀。

腦袋已經亂成一團的我難以分辨她是想緩和氣氛，還是真的在嘲弄我。通常情況下我會知道是前者，但此刻的我，只想讓自己的情緒找到一個發洩口。

不論是誰都好。

「妳放手。」

我冷冷地甩開她摟著我肩膀的手，那一刻，我清楚地看到她眼中一閃而逝的受傷。

但我不在乎。

站在我面前的她是那樣的完美。

精緻的妝容、細緻的五官、柔順的長髮、穠纖合度的身材、襯托出氣質的穿搭、讓人無法討厭的性格、成績優異的優等生。

她是美麗自信的白天鵝，而我是灰頭土臉的醜小鴨。

她備受上天眷顧，她什麼都有，而我呢？

「王苡孟，妳幹什麼突然發神經？有話不能好好說，非得搞成這樣嗎？」見苗頭不對，本與她同行的那人在匆忙道別後便先行離開了。同樣意識到情況不對的她蹙著眉頭，雙手環胸望著我。

該死，她連蹙著眉頭都那麼美。

「說？跟妳這種備受上天寵愛的人生勝利組說？」我呵呵笑了幾聲，「妳當我是傻了嗎？跟妳說了又能怎樣？讓妳當笑話、當對照組看嗎？說了妳能懂嗎？啊？」玻璃門映著我扭曲的臉孔，看起來十分駭人。我窮盡一切方法在腦海中搜索著能夠攻擊她的話語，但說出來的話卻只讓我感到自己是多麼地可悲。

直到這一刻，我終於理解了某個始終被我藏在心底的疑問。

有些事情我不和尹修說，是因為我覺得他的煩惱已經夠多了，可我同樣沒和子晴說的原因卻只有兩個字——

嫉妒。

她的生活是那麼完美、那麼幸福，像她這樣的人，怎麼能夠理解我呢？

不，或許我並不是至今才知道這個答案，而是在更早之前就已經知曉，卻始終固執地不願正視。

我不願讓她的光輝燦爛照進我的醜陋黑暗。

那樣子的反差，太讓人痛苦了。

面前的她好半晌沒有回話，只是靜靜地看著我，然後緩緩勾起了嘴角。

笑？她笑什麼？

我的嘴角勾起了扭曲的笑容，正欲開口——

「妳不覺得這樣的要求太過分了嗎？妳說我不懂，那妳倒是說說看為什麼我該懂啊？我不會讀心，王苡孟，一直以來妳什麼都不說，就算我再怎麼想接近妳的心，那也是徒勞無功啊。」她嘴角的笑容泛著苦澀，「還有，少自以為很懂我了。」斂下眼簾，她逕自掠過我朝走廊走去，「我累了，想回房間休息了。如果妳是想出去的話我不會攔妳，但時間這麼晚了，妳自己注意安全，保重。」語畢，我聽見她的腳步聲漸行漸遠。玻璃門裡映著的我愣愣地站在原地，臉色蒼白、眼眶泛紅、表情猙獰。

糟透了。

我到底在幹嘛？

像是被刺骨的暴雨擊倒，我跌坐在地上，在一陣透不過氣的哽咽後，終於無法克制地痛哭出聲。

*

當我回過神來時，我正坐在河堤上喝著啤酒。

恍惚之間，我只記得自己哭到累了之後，有些踉蹌地跑出了宿舍。

像是有臺被按下了反覆撥放鍵的收音機一樣，待在原地，姑姑的那句話以及子晴的言語就會不斷地在腦海中撥放，每一個字都宛若俄羅斯方塊般不斷地填進我的腦袋。

而我不會玩俄羅斯方塊。

我的腦袋快要炸開了。

逼自己不要去想那些東西，我將心神專注在手上的啤酒。

我對於買酒這件事沒有印象，但應該是剛才順路在超商買的吧？搖了搖手中的鐵鋁罐，聽著裡面酒湯的晃蕩聲，我不著邊際地想道。

在這之前，我這輩子只喝過一口啤酒。

雖然大學生對於喝酒好像習以為常，但在初嚐一口後我便從此對它敬而遠之。很苦。這是我對那一次嘗試的唯一印象。

人們都說「藉酒消愁」，但當時的我只覺得，如果人生已經夠愁了，喝到這樣苦哈哈的東西不會「藉酒消愁愁更愁」嗎？不開心的話，不是更應該要喝好喝的飲料嗎？

然而事實證明，是當時的我太天真了。

就是因為人生很苦，所以人們必須藉由同樣苦澀的東西來暫時忘卻生活中的愁悶，麻痺味蕾、麻痺思緒，讓自己暫時從不順遂的生活中跳脫出來。

但無論酒精的味道再濃，最終都沒能掩蓋住生活走味的事實。

我已經不知道自己在胡思亂想些什麼了。才喝了一罐多的啤酒就感到全身熱了起來，十二月底的寒風吹彿下我絲毫不覺得寒冷。爬上雙頰和腦門的熱度讓我整個人感到昏昏沉沉的，頓時只覺得有些反胃又有點想笑。

喝完這罐就回去吧。我仰頭又灌了口黃色的苦澀液體。

正當我捏扁手中的空罐時，口袋中的手機傳來了震動與來電鈴聲。

嘖，這個時間點是誰打給我啊？

掏出手機，我看都沒看就接了起來，口氣十分不好地說：「喂？」

「王苡孟，妳在哪？」自聽筒傳來的好聽嗓音聽起來很是焦急。

我頓時一愣。

是莊儀程？

他怎麼會打給我？

他說的是「妳在哪」，意思是他知道些什麼嗎？

心裡登時充滿疑問，而我唯一確定的是，自己並不想被他知道這般狼狽的模樣。

咬緊下唇，我本想裝出精神滿滿的語氣來回答他，說：「你在說什麼啊？我當然是在房間裡讀書啊。」

但看來老天今天偏要和我作對，我才剛開口講了個「我」字，一陣噁心感便立馬湧入喉中，「嘔——」

「喂，妳怎麼了？」電話那頭的他心急如焚地問，「王苡孟？妳聽得到吧？該死的，妳現在人到底在哪？快說啊！」

他的語氣帶著不容拒絕的堅持，意識到的時候我已經供出了自己的所在地，「我現在……在河堤上。」強壓下想吐的衝動，視線因為淚意而逐漸模糊了起來，吸了吸鼻子，我趕緊補充道：「不過你不用擔心啦。我沒事，就是身體有些不舒服而已。」

莊儀程沉默了幾秒鐘，然後說：「待在原地，我現在就去找妳。」

「待在原地，我現在就去找妳。」

溫暖的話語讓我好不容易止住的眼淚瞬間潰堤。

放下了無謂的矜持，此刻的我，終究是需要依靠的。

屈膝坐在河堤上，在等待他的過程中我恍恍惚惚地又開了罐啤酒來喝。手機螢幕仍然亮著，與莊儀程的通話並沒有因為對話的暫時終止而掛斷。

「我馬上就到，電話先別掛斷，我怕妳出事。」

「能出什麼事啊？」我咯咯笑著，但還是乖乖聽從他的指示。

才喝了沒幾口啤酒，莊儀程就氣喘吁吁地出現了。還沒來得及向他打聲招呼，他便率先開口：「妳沒事喝那麼多酒幹嘛？還有，妳也未免穿得太少了吧？」他面色一凜，將手中的外套披在我肩上後才坐了下來。

我攏了攏肩上的外套，聽著身旁的他有些紊亂的氣息，竟感到沒由來地開心。

「莊儀程。」我沒有回答他的問題，只是輕輕喚了聲他。

腦袋沉甸甸的，我忽然有些想睡。

「嗯？」

「我搞砸了。」我苦笑，「我明明只是想珍惜好不容易擁有的一切，但到頭來怎麼還是搞砸了呢？」

還沒說完，一股倦意便朝我席捲而來。最後一個畫面是他嘴巴一張一闔地不知道在說著什麼，我既聽不見聲音也使不上力，只能感覺到自己沉甸甸的身體往一旁倒去。

好累。

醒來之後，一切就沒事了吧？

我闔上雙眼，世界陷入一片黑暗。

第十二章　戰戰兢兢的幸福

會戰戰兢兢，那都是因為妳還擁有幸福啊。

是什麼時候，妳才真正意識到一個人已經離開了？

是她的插管和氣切管被摘下來、再沒張開雙眼，而旁人一個勁地在嗚咽中對她說「到家囉」的時候？

是念佛機循環不止的誦經聲在家中迴盪，妳一面機械式地摺著紙蓮花、紙元寶，一面看著不知道是誰來捻香，一臉哀戚的時候？

是最後那段路上妳撫著木製的棺木，陪她最後一次從妳們的家走出去，看著陌生又熟悉的街景在車窗外呼嘯而過的時候？

還是她被裝在了罈子中，而最終妳只能從罈身上一方小小的照片來辨別她就是那個人的時候？

*

我知道我在作夢。

我看見國小生模樣的自己坐在沙發上，一旁的姑姑眼眶泛紅、握著那個我的手，哽咽地說著：「妳媽媽得的是癌症，是癌症喔！那可是會死人的啊。」

年幼的我並沒有回應，只是面無表情地盯著電視螢幕，沒有因為那個消息哭，也沒有因為螢幕中滑稽的卡通內容而笑。

接著畫面快速流轉，驀地停在了醫院的病房內。

我彷彿能嗅到醫院刺鼻的藥水味，躺在病床上病懨懨的她頭上包著頭巾，一頭美麗的青絲早已不復當年。

媽媽的頭髮又長、又黑、又漂亮，她會穿著美美的裙子，化著漂亮的妝。

她不是我媽媽。

這樣的人才不是我的媽媽。

我聽見小小的自己在心裡如是反覆說著。

床上的女子如往常一般，溫柔地對站在床沿的女孩招著手，然而那女孩並沒有像以往那般撲進她的懷中，反而是一臉害怕地跑出了病房，像是逃難般地跑到了樓下的書局，將自己埋首在漫畫書中。

眼看小小的自己跑出病房，我站在床的另一側，看著女人臉上的表情從錯愕、傷心化做一抹淺淺的苦笑，伸出來的手停在半空中好一會兒才放了下來。

後來，她的情況有陣子好了起來，原本預估剩下幾個月的時間竟就這樣還算平安地度過了。醫生對標靶藥物的藥效感到意外，而她也回到了家裡。

快速流轉的畫面再次定格，停在了某個午後。

我站在熟悉的安親班外，看著一旁車子裡的媽媽正要下車。

啊，原來是那天嗎？

我看到那抹小小的身影從安親班中走了出來，在看見下了車的女人後露出了驚訝的表情，而後那股驚訝逐漸轉變為滿腔扭曲的怒意。

我張口想要喊些什麼，卻發不出聲，只能看著她背著沉重的書包快速地跳上了車，將書包甩在座椅上後厲聲問道：「妳幹嘛跟出來？在家裡好好待著讓爸爸自己出來載不行嗎？」

「王苡孟，妳夠了！妳怎麼能這樣對媽媽說話呢？」前座的男人喝斥著氣惱的女孩，但女孩只是自顧自地鬧起脾氣，什麼也不說地望向窗外。

女人面容憔悴，沒有頭髮、穿著病袍的身影在她眼中刺眼萬分。她不要被人看到這番畫面，她不想被那些本就偶爾會欺負她的同學們同情或是恥笑。

她不要她跟別人不一樣。

為什麼我的家跟別人的不一樣？

我從她紅著的眼眶中讀出了這樣的情緒。

在那個未曾知曉死亡是什麼的年紀，同儕們的話語與仍舊不知為何的自尊竟是最為重要的。

看著駛去的車子，我忍不住苦笑。

不知道是刻意遺忘還是怎麼的，在那之後一切記憶都變得模糊了。

我站在家裡。

客廳被清空了，桌椅、電視全被推到了隔壁間，空蕩蕩得讓人害怕的空間裡，我站在小小的自己身旁，模糊褪色的記憶在那抹艷紅閃現時再次鮮明了起來。

大家都在哭著，阿嬤、姑姑、叔叔，但我沒哭。

我應該要哭嗎？

救護車安靜地停在了家門口，沒有發出刺耳的鳴笛聲，卻仍舊閃著刺眼的紅光。

我看見妳被抬了下來，爸爸跟在一旁，臉色疲倦。工作人員將妳身上的插管、氣切管都拆掉，語氣平淡地說完了死亡時間之類的細瑣事項後便離開了。

大家嘴裡都喃喃說著「到家囉」，而年幼的我只是靜靜地看著妳，沒有說話。

說了妳聽得見嗎？

電視劇裡，人死之前一定都會依依不捨地說上最後幾句話，然後才慢慢闔上眼，鏡頭聚焦在無力放下的手上。

但妳沒有。

直到最後一刻，妳的眼睛始終都是閉著的。不要說記得妳最後一句對我說的話是什麼，我甚至連最後一次和妳說話是什麼時候都記不清了。

念佛機的聲音迴盪在室內，而妳就躺在那兒，換上了衣服被圍在了布幕裡。

所以，那是妳嗎？

大家都說人走之後會回來看看掛念的人，但那個晚上我卻一晚好眠，沒有聽見腳步聲、沒有作夢。

所以，那不是妳吧？

香的味道、念佛機的聲音、紙蓮花的氣味以及法會的誦經聲串聯起了接下來的日子。

我坐在門外一朵朵地摺著紙蓮花，手上沾染了紙張的氣味，時不時看到親朋好友們前來妳的照片前捻香，一臉哀戚。

每每走過靈堂，我總會不自覺地想起妳喜歡的不是香的味道，而是玫瑰的芬芳；妳喜歡的不是誦經聲，而是西洋古典樂；妳喜歡吃的飯菜不是桌上那些冷冷的魚啊、肉啊，而是熱騰騰的陽春麵。

所以，那不是妳吧？

日子就在這樣的反覆循環下來到了最後一天。

在儀式開始之前，我記得那是我這輩子第一次，也是最後一次看到爸爸哭。他顫抖的身軀抱著我，嘴裡喃喃地說著對不起沒有救回她，如果能救回她就算賣房子、賣掉所有甚至是拿他的命來換什麼的他都願意。

我不知道該說些什麼，只能木然地任由他抱著，好陣子後才在外頭的呼喚下回過神來，往外面走去。許是快要進入梅雨季了，那天的天氣很悶熱，天空是化不開的灰。年幼的我穿著有些厚度的純白衣褲，在司儀的指示下捻香跪下。

他們叫我要哭，但是我不想哭。

究竟是因為怕丟臉，還是因為不想認清事實，當時的我並不知道。

所以，那不是妳吧？

棺木被送上了靈車，我也坐了進去，手撫著棺木，陪妳走最後一程。

車上撥放著佛經，大家都沒有說話，只有間或聽到的啜泣聲，窗外流瀉的風景既熟悉又陌生。

陪妳最後一次離開家的這一路上，我依舊清晰地記得妳牽著我的手走過哪段路、在哪間超商裡買冰給我吃，但如今妳在這裡面，這一路上的風景和回憶，妳再也看不到了。

所以，裡面的是妳嗎？

棺木被移到了檯子上面，檯子的盡頭處是一扇小小的門。在簡短的儀式後，那扇門緩緩地打開了。霎時間大家眼淚潰堤，撫在棺木上的手輕輕地將它往裡邊推，嘴裡喊著的「火來了，快走喔！」在淚水中糊成了一團，怎麼也聽不清。

挑高的空間上方有一扇玻璃窗，陽光從上面灑了下來，伴隨著迴旋飛舞的灰塵微粒，恍若隔世。

所以，那是妳嗎？

整具棺木被推了進去，小小的門緩緩闔上。我緊咬著下唇，不敢張口喊出聲，深怕一開口努力抑制的淚水就會忍不住潰堤，只能用細如蚊蚋的聲音喃喃說著：「媽，火來了，快走喔。」

最後一個字落下之後，我終舊是無法自抑地痛哭出聲。

回到家後我像是發了瘋似地哭鬧著，嘴裡嚷嚷著身上的衣服好醜、好厚，我要脫掉。但那套衣服其實沒有那麼不舒服，我只不過是需要個藉口罷了。

現在看來真是好笑，在那樣的年紀，竟然連親人的離開都需要一個藉口才能讓自己理直氣壯地表達哀傷，但明明在這整個過程中，最不需要藉口就能表現哀傷的，就是自己。

大人們滿臉哀戚地看著我，阿嬤抱著我喃喃自語地對我說著我沒媽媽了。

不知道是不是小孩子特有的奇怪倔強，創造一個謊言可以瞬間讓自己好過一些，但是接受一個事實卻得花上好長一段時間。

所以，那是妳吧？

直到看見骨灰罈上面那張小小照片的那一刻，我才真正意識到妳已經離開了。

而我的世界，也自那一天起，永遠停滯在那個梅雨前夕。

妳嘴角曾經漾開的笑意歷歷在目，我彷彿仍舊能感受到我們手指貼合在一塊兒的溫度。

「媽咪保證，會讓妳一直都是幸福快樂的小公主。」

妳不是說會讓我一直幸福快樂嗎？

騙子。

騙子。

騙子。

騙子。

騙子。騙子。騙子。騙子。

媽媽是超級大騙子。

回憶戛然而止，我的眼前瞬間一暗。

我佇立於一片荒蕪之中。

首先感覺到的是腳踝被浸濕了，再來是膝蓋被淹沒了，漸漸地胸口以下被浸泡在冰冷之中。四周一片死寂，鋪天蓋地都是令人無法呼吸的窒悶，然後是不知道從哪兒冒出來的嗡嗡聲，從遠而近，越來越大聲，像是要讓我的腦袋炸開一般。

不要。

不要。

不要。

不要。

我想要放聲尖叫，但不論我怎麼扯著喉嚨，都只有冰冷的死鹹不斷地灌進我的肺中。到了最後，我所處的世界開始旋轉扭曲，嗡嗡聲停止了，取而代之的是一道無比悠遠的聲音，身旁的空氣霎時凝結成令人窒息的密度。

我的世界瞬間崩塌。

「妳阿嬤她，得了癌症。」

＊

我在一片晨光中甦醒。

睜開雙眼，率先感受到的是眼眶和頰邊的濕漉。

嗯？我哭了？

啊啊——也是呢，畢竟是那個夢嘛。

愣愣地望著天花板好一會兒，我才舉起手臂輕輕將淚水抹去。

從床上緩緩坐起，腦袋仍舊昏昏沉沉的，滾燙的血液如洪水般驀地湧向腦中敏感的神經，我感覺它們像是要迸開來似地突突跳動，每一下都是要命的痛。

該死，原來宿醉那麼痛苦。

我雙手抱頭，在床上蜷縮成一團，試著止住那異樣的疼痛感。

「啊，妳醒了？」

熱可可的香味竄進鼻中，我艱難地抬起頭，發現莊儀程拿著兩個馬克杯和一小盒東西向我走來。將手上的東西放到了床邊的小桌上後，他說：「宿醉很痛苦吧？妳先把這個藥配白開水吃了，等會兒再喝那杯熱可可。」順著他手指望去，我才發現那兩個杯子中有其中一杯裝著白開水。

「謝謝。」我將藥配著白開水吞下後才問道：「這裡是……？」

記憶中最後一個畫面是莊儀程來河堤上找我，但在環視了四周之後，我發現自己身處的是一間有些空蕩蕩的小套房。地上零零散散地擺了幾個紙箱，而我正坐在一張陌生的床上。

「這裡？這裡是我外宿的地方啊。」他指了指地上的紙箱。

「外宿？你不是住宿舍嗎？」

「喔，原本是這樣沒錯啊。但我記得跟妳說過，以前我們寢只住了三個人，直到最近住進了一個難搞的傢伙，生活作息什麼的都要配合他，晚上他睡覺的時候還規定我們一點聲響跟光都不能有。拜託，有一次我把手機螢幕調到最暗，睡在對面還戴眼罩的他竟然還說他看得到。除此之外還有一大堆奇葩的規定。前幾天我終於受不了，雖然已經臨近期末，但剛好認識又知道這件事的學長要退租，就把這裡介紹給我，我覺得挺不錯的，就先簽約啦。本想說趁昨天妳說不讀書就先搬進來整理一下，但剛搬完就出去找妳了，所以這堆才都還沒怎麼拆箱。」

我點了點頭，印象中他的確有提到前陣子他們寢來了個雷室友。

「那妳呢？好點了嗎？」他伸手摸了摸我的頭，在床邊坐了下來。

「那要看你說的是哪方面囉。」我苦笑，自馬克杯傳來的溫度在指尖泛開。

「說吧，我聽著呢。」他溫暖地對我一笑。

我垂首抿唇，深吸了口氣後才緩緩開口：「我剛剛，夢到我媽走的那段日子。」嘴角泛起了一絲苦澀，我停頓了幾秒後才接續著說：「小的時候，家裡有愛我的媽媽、爸爸還有阿嬤，我們家很和樂，甚至每週幾乎都會一起出去玩。我從不羨慕別人的家庭，當時的我只覺得自己幸福得像是擁有全世界一樣。」

「她是在我國小時後走的，那時候我還小，在她還在的那段期間，我只覺得生了病的她好陌生、好可怕，甚至……還感到丟臉，所以就連最後，都沒能好好和她說上話。」我的眼睛感到酸澀，「在她離開之後，我們家就像突然垮掉一樣。爸爸整天忙著工作，回到家後就把自己關在房間裡；我害怕想起阿嬤對我喃喃說著我沒有媽媽了的那個情景，害怕瞬間變得空蕩蕩的家，所以回家後也都自己躲在房間裡，甚至連飯都帶進去房間吃。久而久之，我和他們倆也就慢慢疏遠了，直到好久以後想重新和阿嬤拉近距離，才發現自己已經不知道該怎麼辦了。」

他靜靜地聽著，大手不間斷地輕拍著我的頭。

「我一直認為，一個人的心所能容納的空間並不是有限的。多一個人住進你的心裡，那都只是空間的擴張，而每個人所佔的空間都是各自獨立的。也因此在她離開之後，她曾存在的那個地方，就這樣硬生生地空出了一塊，誰也無法補上的一塊。不論之後有多少人住進了我的心裡，那一塊永遠都是這樣空蕩蕩的。」我手指向胸口，忍不住苦笑，「她離開之後，突然崩塌的世界讓我感到害怕。曾經那麼地幸福，怎麼轉瞬間就變成這樣了呢？那時的我十分嚮往幸福，同時卻又害怕著幸福。也是因為那樣，當羅以廷出現在我的生活中，承諾要永遠給我幸福，我才會陷得那麼深，又傷得那麼重。」

我的喉頭好像被什麼哽住一般，頓時覺得自己很難接續這未完的話語，「那之後的我一直很困惑啊，為什麼我只是想要平凡的幸福，卻怎麼都沒辦法呢？我不求大富大貴什麼的，只是希望平凡的幸福能夠一直延續下去。但怎麼每每好像要幸福了，幸福就會再次被奪走呢？」我的眼角沁出淚珠，他抽了張面紙幫我溫柔地拭去，我向他道了聲謝後接過那張面紙。

「我比別人還要珍惜微小的幸福，比別人還要戰戰兢兢。但就在最近我好不容易快要走出來，覺得自己好像真的能夠擁有平凡的幸福的時候，姑姑卻跟我說阿嬤得癌症了。」淚水浸濕了手心，我抽抽噎噎地說著，「不只這樣，我昨天還因為心情不好傷了很重要的朋友。老實說，我覺得現在的自己根本一團糟。」臉上的眼淚才剛擦完，眼眶就又溢出了晶瑩的淚珠，我試著用手抹去卻徒勞無功。瞳孔就像是被上了層毛玻璃般，模糊的視線讓人怎麼也看不清。

「我好想消失。」眼淚止也止不住，我索性直接將臉埋在臂彎中，悶悶地說著。

他挪了下屁股，坐到我身旁，將我摟進懷中，說：「那妳現在打算怎麼做？妳想回家的話，我現在就陪妳回家一趟。」

「不要！」我趕忙抬起頭，淚眼中閃過驚慌失措，「後天就要期末考了，姑姑說現階段我就算回家也幫不上什麼忙，而且……」我停頓了一下。

「而且？」

「我，還沒做好心理準備。」我瑟縮了下身子，怯怯地小聲開口：「我不知道該怎麼面對阿嬤，我害怕之後會漸漸看到她越來越虛弱，變得跟媽媽一樣，我害怕……同樣的事情再重來一次。」

他握著我的手堅定又溫暖，讓我不自覺地感到踏實，「那我問妳，妳媽媽生病的那段期間，妳有感到後悔的時候嗎？」

「我很後悔，整段期間都很後悔。」我抿緊雙唇，空著的手緊握起來，指尖刺進了手心，「如果當時我再成熟一點、再多珍惜和她相處的時間就好了。」我囁嚅著。

「那就對啦。」他含笑說道：「之前我曾經跟妳說過『直到妳能夠好好面對之前，就先作個不勇敢卻又勇敢的人吧』。可那是因為那些是過去，是讓妳邁不開腳步的事物，所以妳可以暫時把它拋開，等到足以邁開腳步時再回過頭來。但是現在妳阿嬤她剛生病，不管是她還是妳爸都需要妳。所以別再逃避，也別再做會讓妳後悔的事情了。」

「害怕失去的時候，更要緊緊把握住妳所擁有的。」他說，「會戰戰兢兢，那都是因為妳還擁有幸福啊。」

暖陽自身後飄起的窗簾縫隙中灑入，照在他臉上的那剎那我不禁看得出神。他見我沒反應，拍了拍我的肩膀，接過我手中早已見底的馬克杯，站起身來，「我再去倒杯水給妳喝。今天就先休息一下吧，其實這陣子妳念那麼多已經夠了。考完試後，我再陪妳回家一趟。」

「謝謝你。」我感到喉嚨有些乾澀，「我……會好好整理心情，不會再逃避了。」

將重新盛滿熱開水的馬克杯遞給我，他在我身旁坐下，又說：「對了，妳說的那個很重要的朋友，是不是叫倪子晴？」

「你怎麼知道？」我詫異地問。

他們倆應該只是有共同好友、單純打過照面的關係吧？

「果然是她嗎？看來，妳有個很好的朋友呢。」他輕笑，在我疑惑的注視下接續解釋道：「其實昨晚會知道妳出事是因為她打電話給我。她好像是透過尹修要到了我的電話吧？」

「咦？」我愣住了。

莊儀程當時會知道我在外面，原來是子晴告訴他的嗎？

「她告訴我妳出了點狀況，人又不知道跑去哪裡，說是希望我可以去找妳，確認妳的安全。」

什麼啊？我分明都對她說了那麼傷人的話，她竟然還這樣替我著想。想著，我感到一陣愧疚與鼻酸。

「那，除此之外，她還有……說些什麼嗎？」我絞著手指，有些不安地問。

「她說她很討厭我。」莊儀程雙手向後撐在床鋪上，笑嘆道：「說是嫉妒我這麼輕易地就走進妳的心房，自己卻花了好長的時間都做不到，還說要是我敢傷害到妳的話絕不輕易饒過我。」

我怔然地聽著，心中五味雜陳。

「我決定收回之前說過自己理解妳的那句話。」

「咦？」我不解地眨眼。他突然之間說些什麼呢？

「我說我理解妳，那不過是我一廂情願的想法。事實上我從來都沒理解過妳，我所理解的，僅只是遇到和妳相似狀況時的自己。可即便我們都不是真正地理解妳，無論是我，還是倪子晴，我們對妳的心意都沒有一絲虛假。」說著，他溫柔地揉了揉我的髮絲。

「嗯……」低下頭，我咬緊下唇，死命不讓眼淚流下來，「可是，我對她說了傷人的話，她會不會討厭我了？」

「誰知道呢？」莊儀程聳肩，促狹道：「我只知道，自己是絕不會打電話給陌生人關心討厭的人的安危的。」

「是嗎？」聽見他的回答，我忍不住勾起嘴角。

「現在妳擔心什麼也沒用，不如之後向她道歉時再親自確認吧。」

低頭啜了口熱開水，我低聲答道：「嗯。」

「啊，還有，下次妳別再亂喝酒了。酒量有夠差的。」

他突然側過身，用力地彈了下我的額頭，「心情不好就來找我啊。一個女孩子晚上獨自在外面喝得醉醺醺的，有事嗎妳？」說完，他用力將我的頭髮揉亂。

「好痛！」我先是摀著額頭嚷嚷道，接著才覷了他一眼，撓著臉頰尷尬地問：「那個啊……你剛才說我酒量差，該不會是我昨晚給你添了什麼麻煩吧？」

「呃，妳……不記得了嗎？」他愣愣地看著我，欲言又止。見他的反應，我咽了口口水，誠惶誠恐地搖了搖頭。

莊儀程垂下頭，嘆了口氣，看起來很是懊惱地說：「那可是我的第一次啊。那麼激烈什麼的，我都要被嚇死了，妳怎麼就不記得了？」

咦？

什麼？

不是吧？

第一次？激烈？

這什麼情況？

嚇得嘴巴都合不攏，我臉色發青，不知道該怎麼反應。

難道我趁著自己喝醉把他給吃乾抹淨了嗎？

可、可是，姑且不論我是不是真有這麼肉食，不要說是記憶了，我甚至連一絲感覺都沒有啊。

慌亂地想著，我正打算開口解釋些什麼，一看到他那委屈的神情，話便又吞回去了。好片刻後，我才跪坐到他眼前，誠懇卻又無比艱難地吐出了句：「抱、抱歉，雖然我真的不記得了，但……我會負責的。」

他一臉困擾地捂著後頸，說：「唉，妳這麼說可怎麼辦呢？我衣服都洗完了。」

「嗯？衣服？」我猛地抬起頭，只見面前的莊儀程抿著嘴，肩膀不斷隱隱抽動著。

「噗哧——」我還未再次開口，他便抱胸笑了出來，「對啊，衣服。昨晚可是我第一次被人吐在身上啊，而且妳吐得超猛烈的，我嚇都嚇死了。」

「啊？」我一時之間無法反應過來。

「啊什麼？就只是這樣啊，鬧著妳玩的呢。妳想到哪去了？變態。」語畢，他對我吐舌，在我還沒反應過來前搶過我手中的馬克杯起身開溜。

「嘖，莊儀程你竟然敢整我？」

意識到自己被整了之後，我羞忿地拿起身後的枕頭朝他的背影丟去。枕頭砸中他後落到了地上，莊儀程嘆了口氣，將枕頭撿起，朝我扔了回來，「有力氣拿枕頭丟我的話不如趕緊去洗把臉。等會兒我帶妳去吃早餐，之後再送妳回宿舍。」

我對他扮了個鬼臉，「知道啦，老媽子。」

「唉，妳喔，真是……」

望著他臉上有些無奈的笑容，我也忍不住笑了出來。

和他聊聊再加上被他這麼一鬧之後，我頓時感到輕鬆許多，思緒也清晰了不少。

將臉埋進雙手中，我深吸了口氣，暗自下定決心。

是啊，我必須要勇敢起來。

我不能再逃避了。

*

我是在宿舍前碰到子晴的。

帶我在他外宿的地方附近用完早餐後，莊儀程陪我一塊兒走回宿舍，「妳等等回去休息下再——

啊，看來那個人已經在等妳了。」叮囑到一半，他的視線便落向了宿舍門口旁不遠處的牆邊。我順著他的目光望去，只見子晴雙手抱胸，倚著牆正一臉複雜地望著我們。

「倪子晴……」

心中因為不明白她為什麼會在這兒而感到疑惑。頓了下腳步後，我才有些遲疑地再次邁開腳步，最終在她面前幾步的距離處停下腳步。但她移開了視線，沒有看我，只是向我身旁的莊儀程說：「謝謝你剛才通知我。」

「只是告訴妳我要送她回來了而已。舉手之勞，沒什麼。」

「道謝歸道謝，你應該沒藉機幹什麼骯髒事吧？」子晴挑眉。

「放心吧，我什麼都沒幹。」莊儀程不禁失笑，伸手拍了拍我的頭，說：「既然任務達成了，剩下的時間就留給妳們倆吧。我先走啦，王苡孟。」說完，在笑著接受了我的道謝後，他很快便轉身消失在了我的視線中。

莊儀程離開之後，沉默登時蔓延在我們倆之間。她沒有說話，而我則是絞著手指想說些什麼，卻又無從開口。好半晌後，她嘆了口氣，說：「妳幹嘛這樣看我？」

「我……」目光閃爍，我一手緊揪著另一手袖口，訥訥道：「對不起。」

「為什麼？」

「因為我……傷害了妳。」

「這樣吧，我就問妳一句。」

「嗯？」我侷促不安地望向她，等待下文。

「妳昨晚說的話，還有那些對我的想法，全都是妳的真心話嗎？」

「我……嗯，撇開那些太過情緒化的用語，我的確……是有那樣覺得。」我咽了口口水，怯怯地說：「我嫉妒妳的完美，卻忽略了妳一直那麼關心我的事實，自顧自地傷害了妳，對不起。」

如果真想和對方和好的話，繼續隱藏心裡的想法並不是一個好方法。雖然有些話說出來也許會尷尬，但我仍舊決定與她老實地說出自己的想法。

「那妳是該道歉。」她說，「不過，不是為了那些話，而是為了一直以來妳擅自忽略我對妳的關心。還有——」她的眼底閃過一絲複雜的情緒，過了好半晌，才又低聲接續道：「我……沒有妳所想的那麼完美。」

她那隱隱顫抖著的字句讓我驀地一愣。我看到她的手緊緊揪著袖口，指節微微泛白，「倪子晴……」

「看來我們彼此都有很多事沒跟對方說呢。」她苦澀一笑。

「對不起。」

我頓時覺得自己很沒用，怎麼從頭到尾都只擠得出這幾個字。

「我不接受妳的道歉。」

「咦？」我慌張地抬起頭。

「除非，之後考完試妳陪我聊通宵。」她輕笑著說，「外加請我吃宵夜。」

聽見她說的話，我的眼眶又紅了起來，嘴角卻忍不住上揚。

「倪子晴。」

「幹嘛？」

「我可以抱妳嗎？」

她頓了一下，然後很快便反應過來，柔聲說：「過來吧，笨蛋。」

早晨的陽光灑落在她細緻的五官上，望向對我笑著張開雙臂的她，我不禁回想起我們相遇時的情景——

「妳怎麼一個人在這裡哭？有人欺負妳嗎？」記憶中，國小生模樣的倪子晴在我身旁蹲了下來，但我只是一個勁地搖著頭，不肯說話。

「唉，真是孤僻的傢伙。」她努了努嘴，「這樣吧，今後妳就是我的朋友了。妳難過的時候有我陪妳，兩個人一起分擔的話，難過就少一點了吧？」

她兀自闖進了我的生命中，從那天起一直到現在，就這樣始終如一地陪在我身旁。

淚意再次攀上眼眶，我撲進她的懷中，緊緊抱住了她。

謝謝妳，願意接受我這樣任性又不坦率的朋友。

即便因為止不住的啜泣而什麼都說不出來，我仍舊在心中一遍遍地反覆說著。

＊

除了和子晴的爭吵外，在回家前，我還必須和一個人解開誤會。於是考完期末考後，我立馬和他約在河堤上見面。

「抱歉。」

一見到面，我還沒開口，那人便斂下眼眸率先和我說道：「在那之後我想了很久，我……知道不是什麼事妳都有義務告訴我，只是我們認識了這麼久以來，幾乎都是我在向妳訴苦。作為一個朋友，我自然希望我們之間的互動是雙向的，也因此才希望妳能再多依賴我些。逕自對妳產生期望再自顧自地失望，甚至還對妳發了那麼大的脾氣，對不起。」他坐到我身旁，一口氣不間斷地說了出來，頭始終低低的，沒有看我一眼。

「噗哧——嚴肅什麼呢你？」我不禁失笑，拍了拍他的背，「當初會選擇不告訴你，是因為覺得你那麼忙，要煩惱的事也已經夠多了。早知道你那麼想聽的話，我就把所——有的苦水往你身上倒啦。」說完，我在他頭上做出了倒水的姿勢，惹得他也忍不住笑了出來，「對了，你和德明還好嗎？」

「我跟他啊，暫且算沒事了，一樣走一步算一步囉。」他一邊說，一邊伸了個懶腰，「至少這一次，我們倆都學會好好地把想法說出來了。」說完，他對我燦爛一笑。

「說起來，好久沒看你們倆放閃了，要不下次你帶他來我們學校玩吧？順便增進感情！」我彈指提議。

「也是可以啦，哈哈！」

又再閒聊了一陣子後，我這才赫然想起等會兒和莊儀程約好了一起回家，「糟了，時間已經那麼晚了？」我瞥了眼手錶，「我等等還得趕車回家，那我先走啦！」趕忙拎起身旁的包包，我站起身來和尹修揮了揮手。

「啊？那麼趕喔？」

「嗚嗚，抱歉嘛。我車票之前就訂好了，只是因為你對我而言實在是太——重要了，所以我非得在回家前和你解開這個誤會啊，不然誰知道你寒假會不會又突然反悔不理我了？」我雙手合十，對他眨了眨眼。

「嘖，別酸我了。」他翻了個白眼，對我擺了擺手，「快去吧，寒假記得約出來喝一杯啊。」說完，他和煦地笑了。

「那當然，我還欠你一堆故事，而你，可是還欠我一頓大餐啊！」我還得意洋洋地指了他的鼻子一下，「那我先走啦。」

道完別，走了段距離後，一陣沒由來的衝動驅使著我回過頭，將雙手圈在嘴邊向他喊道：「喂，葉尹修！」

「嗯？」他回眸。

「你和倪子晴都是我很重要、很重要的朋友，謝謝你們！」

說完，我朝他揮了揮手，回以他一抹大大的笑容。

*

我背著行李和莊儀程並肩走到了家門口，躊躇的腳步在外人眼裡看來，大概就像是跟小白臉離家出走卻沒錢吃飯，只好回家的逃家少女。

以為自己已經做好心理建設了，但此刻的我，腳底板卻仍舊像是被黏在地上一般，握著門把的手連轉動的力氣都沒有。

好可怕。

我真的可以好好地面對爸爸跟阿嬤嗎？

身後的莊儀程注意到我的猶豫，拍了拍我的肩，說：「進去吧，時間也不早了，妳阿嬤大概早就睡了。妳今晚就先休息，剩下的明天再說吧。」說完，他輕輕地從我的背後推了一下，「妳可以做到的，加油。」

我回頭望向他始終如一的溫暖笑容，心裡感到一陣暖洋洋的，「謝謝，你也早點回去休息吧。」對他揮了揮手，我終於鼓起勇氣推開門走了進去。

「爸、阿嬤，我回來囉。」

呼喊聲沒有人回覆，穿上室內拖，將行李扔在沙發上後，我左顧右盼地尋找他們的身影。

阿嬤也許是睡了，可爸爸呢？

「爸？」

我晃到了廚房，又晃到了樓上，最終好不容易才瞥見窗外那抹坐在長椅上的身影。

推開後門走進後院，只見爸爸獨自坐在後院的長椅上，手裡握著一個馬克杯，背影十分孤寂地望著天空裡的一輪明月。走近他的身邊，咖啡的香氣撲鼻而來，我皺了皺眉。

爸爸平時晚上幾乎不喝咖啡，唯有在心情不好時才會自己煮杯黑咖啡到後院慢慢啜飲。他說只有在心情不好、本來就睡不著覺的時候喝咖啡，才不會影響到自己的作息。

但我想，那只不過是其中一小部分原因。

我總覺得，咖啡跟酒一樣都是苦得讓人能暫時忘卻生活不愉快的飲品，兩者之間的差別只在於，選擇前者的人藉此讓自己的思緒更加清晰，不斷地思索著那些不順遂；而選擇後者的人則希望讓自己的意識模糊，藉此逃避生活中的難題。

爸很死腦筋，他大概是前者。

我在他身邊坐了下來，「爸，阿嬤去睡了嗎？」

爸爸扭過頭來，看著我微微蹙眉，「苡孟啊，怎麼今晚就回來了？時間那麼晚了，妳可以明早再回來啊。唉，不過我也大概知道是因為妳姑姑都跟妳講了吧？」說著，他嘆了口氣，「嗯，妳阿嬤剛才先去睡了。她今天下午做了不少檢查，大概也累了吧？」

「什麼時候發現的？」我輕聲問，一面低頭玩起自己的手指。注意到指甲邊緣的皮翹了起來，我嘖了一聲，下意識地想將它撕掉。

「上個月的事。有天妳姑姑不是來家裡吃飯嗎？妳出門後阿嬤才跟妳姑姑說她覺得身體怪怪的，妳姑姑稍微看了下才發現已經流血而且還很大顆了。」

「那……情況還好嗎？」

啊，撕太上面，流血了。

摸著指甲旁粗糙的邊緣，從指尖傳來的微微刺痛像是湖面的漣漪，漾開一圈圈、一片片。

「目前還可以吧。雖然腫瘤已經有些大顆了，但畢竟跟妳媽媽得的那種不一樣。不過話也不能說得太早，還是要等後續進一步的檢查和治療。」說完，他低下頭來將杯中的咖啡一飲而盡，然後沉默地注視著馬克杯底部的那圈濃黑陰影。

「你還好嗎？」不知道該說些什麼，過了好久，我才終於吐出一句話來。

「剛開始知道時其實挺灰心的。」爸抬起頭來望著夜空，將身子的重量靠在了椅背上，手指摩娑著平整光滑的杯緣，「覺得明明我們家踏踏實實地過日子，從不偷懶也不貪求什麼，但老天好像怎麼都沒有看見呢？」他用極輕極淡的口吻說著，嘴角溢出比黑咖啡還要苦澀的情緒。

「爸……」

我看著只覺得不忍心，輕輕地將手擱在他略為粗糙的大手上，想要給他一些安慰。

「但後來想想，我自己每天在醫院看到那麼多病人，他們也不是因為做壞事才生病的啊。」他將手上的馬克杯擱到一旁，嘆了口氣，「也有可能是我們自己沒照顧好阿嬤吧？」

說完，他抽出手，摸了摸我的頭，「別擔心啦，我只有偶爾累的時候才會這樣想東想西的。妳媽走後，我自己那麼長時間走不出來，差點讓這個家垮掉，說實在的，我一直覺得虧欠妳和妳阿嬤很多。這一次……我不會再像上一次一樣了，不論發生了什麼事，我們一家人一起好好面對吧。妳媽媽她……一定也會在上面保佑我們的。」語畢，他的嘴角漾開一抹疲憊但堅定的笑容。

看到這樣的爸爸，揪心之餘，更多的是一股莫名的安心。我也回以他一抹微笑，「嗯，我會多回家陪陪阿嬤的，爸你也不要讓自己太累喔。」

「嗯。」他舒了口氣，然後有些感嘆地道：「妳真的長大蠻多的。」

「哈哈，這是一定要的吧？」我不好意思地抓了抓臉頰，手撐在身體兩旁，雙腿隨性地踢著，「呼——好久沒這樣跟爸聊天了，感覺挺懷念的。」

上一次和爸爸這樣坐下來聊些比較內心層面的話已經是高中時候的事了。

在被羅以廷用簡訊說分手後的當下，我在爸爸面前崩潰了。

知道了約略來龍去脈後的爸爸，口中雖然唸著我怎麼那麼笨、那麼急啊，但那段期間的假日他都會帶我出去散散心，吃吃下午茶、看看海、看看夕陽，甚至還難得跟我說起了他以前的經歷。

「妳媽媽那麼好的人都願意要當時脾氣那麼差的我了，妳條件那麼好，不怕以後沒人要啦。」他跟我一塊兒坐在堤岸邊看著潮起潮落，悠悠說道：「這種事情不能太急，不然傷到別人，也傷到自己，爸爸看了會心疼。」

我不記得我們一起吃過多少次下午茶，不記得我們一起看過多少次潮起潮落與夕陽西沉，但我依舊記得爸爸那彆扭卻又暖心的話語。

「啊，說到這個，妳大學有……認識什麼男生嗎？」大概是上次聊起這個話題的經驗不好，爸爸這次格外小心地斟酌用詞。

「噗哧——爸，你不用擔心啦。」看到他這樣想問又不敢問太白的模樣，我不禁笑了出來。

少了蟬聲蛙鳴的後院裡十分寂靜，只有間或拂過的夜風將有些稀疏的樹葉吹得沙沙作響。

我突然想起了莊儀程所說的話。

戰戰兢兢的幸福也是幸福，因為那代表我還擁有。而我所需要的，只是緊緊把握，並享受這樣的時光。

我輕輕地把手握起，往椅背靠去，仰起頭來眺望著星空。

夜空裡萬里無雲，明月高掛、繁星點點。

看樣子，明天會是好天氣呢。

第十三章　失去羽翼的青鳥

妳是能夠展翅高飛的青鳥，而我，則被回憶永遠地鏈在了地上。

「苡孟啊，妳這樣剁不對啦。」

阿嬤從我手中把菜刀接過去握在手中，用力地朝砧板上的高麗菜剁了下去，「這樣不是才對？」

我看著那半顆高麗菜被切成了細細的絲，接著在她的動作下慢慢地又變成了菜末，對比我方才遲緩又不俐落的動作，阿嬤明顯十分老練。

「唔，這樣對嗎？」再次握起菜刀剁下，刀子切下去的瞬間路線有些歪掉，我險些切到自己的手指。

阿嬤斟酌著用詞，「妳要不要去客廳坐著看電視，等等再幫阿嬤幫忙包就好？」

「不要！」我雙眼放出堅持的光芒，然後手起、刀落。

寒假的某一天，我突然懷念起阿嬤以前包的水餃，聽到我說的話，阿嬤決定久違地再做一次水餃給我吃。

我們家的水餃跟外面的吃起來十分不同，光是份量的部分，一顆就幾乎等於市售兩顆的量，內餡的部分，主角雖然是高麗菜與蛋清伴豬絞肉，但仍會添加少許韭菜增添香氣，最重要的是還會加上鹽、胡椒粉、魚粉、香油等調味。從小吃到大，我還真沒有吃過比阿嬤做得還要好吃的水餃。

阿嬤坐在板凳上面一邊看，一邊指導著我的動作。我的雙手陷在一大桶豬絞肉中不斷地攪拌著，試圖讓調味料、菜末與豬絞肉均勻地混合。

自從阿嬤被檢查出癌症後又過了一陣子。

目前她的身體狀況還算可以，醫生建議先化療讓腫瘤縮小，然後再行切除。但也因為化療的緣故，她的頭髮已經漸漸掉落，現在正用藍色的頭巾包裹著頭部。

將餡料攪伴完畢，放入冰箱待高麗菜的水出得差不多後，便可以開始包水餃了。

我們祖孫倆坐在沙發上一一將餡料填入水餃皮中。

這一次，我決定像莊儀程說的，試著和阿嬤聊聊回憶和生活瑣事。

「阿嬤，妳是什麼時候開始學包水餃的啊？」將餡料放到水餃皮中間，我仔細地將水餃邊密合起來，放到鐵盤上。

「妳說包水餃喔？」阿嬤大概是沒料到我會問她這件事，愣了一下後才笑著說道：「阿嬤也是等到嫁來妳阿公家才學會的啊，那時候看到妳姑婆在做就跟她學了。但其實也沒特別記什麼配方，都是靠感覺……」問起了她的過去，阿嬤果真像莊儀程所說的，如同話匣子被打開一般滔滔不絕地說著。

第一次聽到這些故事的我感到十分新奇，一面包著水餃，一面津津有味地聽著，而放在桌上的好幾包水餃皮也就在阿嬤的故事時間中不知不覺被包完了。

「對了，阿嬤，妳記得之前有次妳幫我拿眼鏡來學校的事嗎？」

將好幾盤的水餃放入冷凍庫之後，阿嬤煮了兩碗水餃，我們倆坐在沙發上一起享用著。

「記得啊，妳那天不知道為什麼，竟然沒戴眼鏡去學校，我是在幫妳整理房間時才發現的。」

小孩子鬧脾氣的手段總是很有限也很好笑，印象最深刻的，是有一次國小時的我和爸爸鬧脾氣，不知為何竟然選擇用不戴眼鏡上學的方式來控訴自己的不滿。然而一整個上午下來，爸爸沒有發現就算了，反倒是我自己上課時怎麼都看不清黑板上的字，最後是阿嬤在整理房間時發現了放在桌上的眼鏡，這才趕忙走到學校將眼鏡交給我。

眼眶感到濕潤，我伸出手有些不自在地輕輕拍了拍她粗糙的大手，「阿嬤，之後我回去學校，妳自己在家要好好照顧自己喔。記得多運動、好好治療、少吃點隔夜飯。等我之後出來工作，賺了第一份薪水再帶妳去日本玩。」說完，我忍不住放下手中的碗，伸手擁抱了她。

這是我長大後第一次抱阿嬤。

「好啦，阿嬤知道。沒那麼嚴重，妳不用擔心啦。」她緩緩拍著我的背，「妳自己去臺北要好好讀書喔。」

「嗯。」

我將頭擱在她的肩上，點了點頭，閉上雙眼靜靜地感受著她規律的心跳聲。

不管是什麼樣的困難，只要我們一家人在一起，一定可以的。

*

開學前兩天，我和莊儀程一起回到了臺北。

寒假前剛搬出去外宿的他，因為當時適逢期末考，除了教科書和一些生活必需品外，其他東西都還擱在紙箱中沒有整理。除此之外，寒假結束前他又多寄了些東西上臺北。因此今天，他便用一頓晚餐的代價來交換我當一下午的清潔工與小幫手，協助他一起整理房間。

「呼——」

仔細地掃完又拖完了整個房間的地板，將冷氣的濾網摘下來清洗完畢，還把風扇以及窗戶的玻璃及窗溝都擦得一乾二淨後，我癱坐在地上，背倚床沿，無力地抬起手來擦拭額上的汗珠。

「好累啊，我不行了。」

連說話都有氣無力地，想到連自己的宿舍都沒那麼認真地打掃過，我不禁後悔當初沒有跟他多敲詐幾餐。

「有那麼誇張？」莊儀程正巧推門進來，拎著塑膠袋走到我身邊坐下後，自裡邊拿出一杯手搖杯給我。我橫了他一眼，接下他手中的飲料，「你說得可輕鬆。我是從一開始就打掃到剛剛，而你是慢吞吞地整理完東西後才加減幫我的好嗎？我那時可是都已經做到後半段了。」

冰涼的觸感讓滿頭大汗的我感到暢快，將透明的粗吸管一把戳破塑膠封膜，我大大地吸了口冰涼的紅茶，接著舒心地瞇起雙眼，一邊嚼著珍珠一邊又說：「我一開始還以為只是簡單地掃一掃，頂多花個十分鐘就好，誰知道你那麼龜毛？早知道會這麼麻煩的話就跟你多要點酬勞了。」我用吸管將杯底結成團的珍珠攪了攪。

「自己要住的哪能馬虎？」他聳聳肩，「好啦，不要搞得像是我虐待妳一樣。請妳多吃兩餐，如何？」

「這可不成。」我撇了撇嘴，「五餐。」手比出數字在他眼前晃了晃，我對他嫣然一笑。

「喂，妳這可是敲詐啊！」他瞪大雙眼怪叫著，在見我嘟起嘴後才又趕緊補了句：「好啦，五餐就五餐，唉。」

「這才乖。」敲詐得逞的我滿意地對他點了點頭，嘴角的笑意又更深了，「對了，你這裡有沒有零食啊？現在這個時間吃午餐也不是，吃晚餐也不是，要出去吃下午茶的話也好麻煩。」

「懶鬼。」吐槽歸吐槽，莊儀程仍舊將手上的飲料放到一旁，認分地起身，「我是有寄一箱零食上來啦，要吃嗎？」

「嗯。」我興奮地直點頭。

「在這等著，我去拿些過來。」

他邁開腳步緩緩朝房間一角走去，蹲下身來，背對著我在其中一個大紙箱中東翻西找。而我則在他背對著我起身之後，儘量不發出聲音，小心翼翼地站了起來，躡手躡腳地來到他的書櫃前上下掃視著。

不知道有沒有什麼有趣的東西呢？像是小時候的照片之類的。

方才喘了口氣後，我內心的偷窺慾悄然升起，但又想著若是直接跟他說想看，他說不定會憑著自己的身高優勢擋在書櫃前死也不讓開——就像上次和子晴去尹修家時一樣——因此我便以「想吃零食」為由支開他。

當然我也是真的有些嘴饞啦，嘿嘿。

「妳要吃甜的還鹹的？」他的聲音從背後傳來，我回頭一望，發現他周圍的地上擺滿了大概是方才放在紙箱頂層的泡麵，「隨便你。」我隨意應聲。

我看看，漫畫、教科書、參考書、攝影集……呿，真普通。

悻悻然地打算轉身坐回原位，眼角卻瞥見一旁的書桌上擺著一個相框，我感到好奇地湊上前去。

那是一個很素淨的木製白色相框，定睛一看，相框裡放著的照片是一張全家福。

咦？

這裡面的人……是？

「妳在看什麼？」

低沉而有磁性的驀地在我耳畔響起，溫熱的吐息讓我不禁全身一凜。回過神來，我才發現我整個人被納在了莊儀程的懷裡，他的雙手撐在桌子上，「看相片？」他偏首笑道。

我、我的天啊，這什麼情況？

「對、對不起！」

我的臉頰登時一陣青一陣紅，偷窺被抓到的尷尬以及因為曖昧的姿勢而產生的羞赧與悸動在我腦中混成一團，我頓時無法思考。

「有什麼好對不起的？」

他縮回手，逕自往床沿走去，拍了拍屁股坐下後，拿了罐放在床上的洋芋片對我搖了搖，「吃嗎？」

「唔，嗯。」我心虛地緩步走到他身旁坐下，從他遞過來的罐子中取出了一片洋芋片放進口中。

一股異樣的沉默蔓延在我們之間。牆壁上時鐘秒針答答走著的聲音，像是不甚重要卻不小心被螢光筆畫記的字句一般，意義不明卻又令人無法忽視，在這種情況下，我竟連吃個洋芋片都變得分外小心，唯恐只要發出一點聲響就會擾亂這沉靜的空氣。

冬日的午後斜陽照進屋內，若不是此刻的氛圍太過緊繃，我真想像隻悠閒的野貓一般，迎著光瞇著雙眼，伸個懶腰，慵懶且閒適地度過這個下午。

他……不會是生氣了吧？

我小心翼翼地覷了他一眼，只見他機械式地反覆拿出洋芋片放入口中，兩眼直直盯著淨白的牆壁，不知是在發呆還是在想些什麼。

約莫吃了半罐洋芋片後，我有點耐不住性子，正打算開口——

「照片裡的人是我和我爸媽。」他說。

「咦？」我心驚地眼皮搧動了一下。

可是，照片裡的人，分明和上次去他家時在照片裡看到的不一樣啊？

我愣愣地望著他，眼底寫滿了疑問。

陽光細碎地灑在他身上，他的身影竟頓時看起來有些單薄，顏色淡得像隨時要消失不見一樣。

他對我淺淺一笑，沉吟了好半晌後才又開口：「其實這段期間，我一直在思考著該什麼時候、用什麼方式和妳說這件事。本打算之後找機會再跟妳說的，沒想到被妳先發現了呢。但這樣也好，不然說不定我又會找藉口逃避。」他臉上的笑容看起來既刻意又僵硬。

是上次去他家吃完飯後，他在我家門外說的那件事嗎？」想起那時他脆弱的模樣，我的心驀地一緊。

抿唇，我忍不住伸手揉了揉他帶著僵硬的嘴角，「不想笑就別笑了，這不是你之前對我說的嗎？」說完，我緊握住他的左手，想要藉此告訴他——我就在這裡。

他斂下眼簾，語氣很平淡地說道：「我不太會說故事，接下來的話可能會有些瑣碎凌亂，不介意吧？」

「嗯。」

「那這一次，換妳聽我說一個故事了。」

他很是平靜地慢慢講起了自己的過往。沒有眼淚，沒有情緒起伏，彷彿此刻他所說的不過是件事不關己的事。然而我知道，這樣平靜的表象只是人類的自我保護機制——避免當一個人的悲傷太過巨大時，肆無忌憚地釋放出來將自己反噬。

「他們是在我國小時走的。」他絞著自己的手指，片刻後才接著說：「啊，記得逸陽有跟妳提到我不喜歡過生日，這件事也算是原因，只是事情並不是像連續劇演的什麼他們在我生日那天應我的要求趕回家而死於車禍事故。」他苦笑，「他們只是單純地被酒駕的人給撞上，僅此而已。至於生日，我也不是真的討厭，只是覺得既然他們都不在了，本該全家慶祝的日子也就沒有必要了。」

「說起來，我會那麼喜歡吃甜點，有很大一部分也是受了媽媽的影響吧？小的時候我們常一起做甜點，其中最常做的就是檸檬塔了。在她離開之後，即便能做得出相同的模樣，可光靠自己一個人果然還是做不出記憶中的味道啊。」

看著他輕描淡寫地說著，我只感到無比心痛。

「在那之後我就開始和阿嬤一起生活了。」他搓了搓手，吁了口氣，「我跟她感情很好，可是在我國三的時候她也走了，剩下我一個人。」

這就是為什麼尹修說他在基測前整個人都怪怪的嗎？

「當時的我整個人就像垮掉一樣，什麼都不想管，就連升學考試也不想考了，整天只想要睡覺，讓自己在睡夢中逃避現實。」

「所以到了後來，連一直陪在我身旁的蔓娟也受不了了——喔，她就是之前說的那個前女友——她是個很需要安全感的女孩，但那時的我不但沒能給予她，反而什麼都沒跟她說，自顧自地消沉了起來。也因此她之後之所以會那樣做，其實我很能理解。」他一陣苦笑。

「後來我基測理所當然沒有考好，沒能上你們那所學校。在我剛上高中後沒多久，叔叔和嬸嬸就決定接我過去住。他們待我很好，就像是對待親生兒子一樣，同時也希望我能夠喊他們聲爸媽。在那之後，想要換個新環境生活的我，也就順勢轉學到了就近的一所私立高中——剛好我們國中沒什麼人唸那裡，要和尹修他們切斷聯繫就成了很容易的事。」

所以他國中時和尹修同學區，到了後來才搬到他現在住的那裡啊？

這樣的話，他們家牆壁上那些缺少了他的照片也就說得通了——按時間約略推算回去的話，莊儀程剛到他們家時逸陽大概是三、四歲，而那些照片也的確是在逸陽長到了一個階段後才出現了莊儀程的身影。

「可是，就算換了一個新環境，我也沒有因此好起來。」莊儀程仰頭望向天花板，看著風扇的葉片在上面轉啊轉地。

「我知道這樣很對不起他們，但我怎麼也沒辦法真正地將他們當作一家人。每每待在家裡，我就覺得自己有一種違和感，所以我不太喜歡待在家，可相反地，我也不喜歡待在人群中，因為那會讓我更加意識到自己是一個人。」他頓了頓，輕笑著說：「所以我才會那麼常跑到天臺上面去。天臺很遼闊，只有在那裡，我才覺得自己找到了真正的歸處。」

「我很害怕，和一個人建立起越深的牽絆，到了失去的時候就會越感到痛苦——爸、媽、阿嬤還有蔓娟——如果是這樣，我寧願不要和別人建立起太深的牽絆。」他的聲線有些嘶啞，「但是，我一直都很寂寞。」

他另一手緊揪著衣角，原本平整的布料在他手中皺了起來。我沒有說話，只是緊緊地握住他的手。

「就是這樣，講完啦。」他猛地拍了下手，然後勾起嘴角，「抱歉啊，讓氣氛變得那麼沉重，哈哈。也許妳會覺得是我反應過度吧？畢竟我也知道，這世上還有許多過得比我還要不好的——」

「不是這樣的！」在我反應過來時，我已經開口打斷了他。

「不是這樣的……我認為，痛苦並不是比較出來的。」

抱著自己的雙臂，我感覺到緊揪著袖子的手指微微顫抖，「你感受到的痛苦就是那樣地多，你心痛的程度不會因為看到別人的不幸而減少，只是這個世界一直在告訴你『有人比你悲慘你就不該悲傷』，可是我認為，每一道傷痕都該是被擁抱的。」我抬首望向他的眼眸，顫抖卻又堅定地說著。

「而且，你不是曾經跟我說過，即便受了傷，仍然願意試著面對並邁出腳步的話，那樣的人就是值得幸福的嗎？所以你也一定可以——」

「問題就出在這裡。」

他斂下眼眸，出聲打斷了我，「妳願意邁開腳步，這就是妳和我不一樣的地方。」

「妳曾說我是妳的青鳥，但其實我不是——我飛不起來，甚至連再次邁開腳步的勇氣都沒有了。」

他指著自己的腳，嘴角拉開的弧度盛滿了憂傷，「妳才是那隻能夠展翅高飛的青鳥，而我，則用回憶把自己鏈在了地上。」

我愣住了。所以那時的他才會說「妳果然還是跟我不太一樣」嗎？

「願意接受幸福的到來，就必須有等量的勇氣——能夠承受它離妳而去的勇氣。」

「而我，已經太害怕了。」

我愣怔地望著他，想要說些什麼卻又無從說起，只能慢慢地看著他整個人像被陰霾罩住一般失去了色彩，自己卻無能為力。

秒針答答走著的聲音填充在我們之間，時間仍舊不斷流逝著，我卻覺得房間內的時間好似靜止了。從窗外投射到地面的光帶像是條靜靜流淌的河，迴旋飛舞的灰塵粒子讓我沒由來地想到了化學課本上的布朗運動。

於是對話戛然而止。

過了好陣子後，他將臉埋入雙手中，長吁了口氣。原本疲憊的神情在抬起頭後瞬間消失無蹤，取而代之的是一抹生疏卻又完美的笑容，「抱歉，我有點累了。妳今天就先回去吧，之後再請妳吃飯。」

他站起身來走向門口，打開門後朝我勾起嘴角。

逐客令嗎？

有些尷尬地抿唇，我將身邊的包包背起，快步走向門口穿起自己的鞋子，站在門外對門縫中的他說：「沒關係啦，你好好休息。開學後見。」

「嗯，開學後見。」說完，他便要將門關上。看到眼前那扇慢慢闔上的門，我驀地感到一陣心慌

——總覺得那扇門就像他的心門一樣，關上後，就再也不會打開了。

「等、等一下！」

我什麼都沒想便伸手抓住門邊，門差點就要闔上了，我的手險些被夾到。

「嗯？怎麼了？」門縫中的他挑眉。

我雙頰滾燙地低著頭盯著自己的鞋尖，顫抖的雙手緊緊攥著背包的背帶，「我、我……」像是有些什麼哽在胸口，不吐不快。意識到的時候，本還沒打算說出的話語便脫口而出——

「我、我喜歡你！所以——」

我清楚地感覺到他一瞬間的僵硬，在我還沒說完之前，他便出聲打斷了我尚未說出口的話。

「嗯，我知道。」

「咦？」

「但是，抱歉，請再給我一點時間。」他對我勾起一抹禮貌卻帶有距離感的笑容，不疾不徐地又說：「對了，之後我開學要開始準備之夜的表演，系隊接下來也有好幾場比賽要打，一忙起來可能會比較難見面，這段期間妳自己好好保重。」說完，他伸手摸了摸我的頭，然後在我還沒反應過來時便將門給關上了。

不是吧？

厚重的房門在關上的瞬間發出了沉甸甸的聲響，清楚地將門內與門外的空間給切割開來。我站在樓梯間，久久沒有回過神來，朝他伸出的手擱在半空中，好陣子後才落寞地慢慢放下。

我一直以為，當知曉了彼此心底最深的傷痛後，兩個人的心是會變得更加靠近的，可我跟莊儀程之間，怎麼好像反倒變得更加遙遠了呢？

眼眶驀地一熱，我伸手擦了擦眼角，這才緩緩邁開步伐，轉身離開。

*

我知道他在躲我。

之夜，很忙；系隊，很忙，那都無所謂，我都可以理解。

但就連平時上課都不願和我坐在一塊兒，下課只顧著和其他人聊天，甚至不論我幾次呼喚他，他的視線都不願有片刻停留在我身上，如果這還稱不上是躲我，那什麼才算是躲我？

想到這裡，我只覺得既疲憊又灰心。

「苡孟啊，妳怎麼又在恍神了？」

尹修的聲音傳入耳中，我看到他的手在我面前晃來晃去。

回過神來，我們三個人正坐在河堤上聊天，但要說聊了些什麼的話，我還真沒印象。

我……又恍神了嗎？

「啊，抱歉，你們剛才說到哪了？」我看著他臉上擔心的神色，愧疚地朝他擺了擺手。

子晴一臉無奈地晃了晃手上的鐵鋁罐，「嘖，她已經這樣子好陣子了。前幾天我跟她吃宵夜時她也是這樣，幾乎都是我在說話和吃東西，她都不太講話也不太碰食物，叫她回神之後沒多久就又恍神，真是氣死我了。」

「天啊，那麼誇張？」尹修倒吸口氣，臉上的表情更加凝重了，「妳還好吧？身體不舒服？還是遇到了什麼事？」

「哪有妳說的那麼誇張？只是有點心事而已。」我嘆了口氣，伸直雙腿灌了口可樂。

子晴放下原本拿在手中的飲料，說：「也不是要妳非得說出來啦。只是看妳這樣實在是挺讓人擔心的，要是講出來可以讓妳好點的話，我們洗耳恭聽。」說著，她將手指插入耳中轉動，臉上嚴肅的神情和搞笑的動作形成反差，我不禁笑了出來。可止住笑意後，我終究是忍不住嘆了口氣，「唉，你們說喔，如果一個人願意對你吐露心事，但在那之後卻又突然與你拉開距離，那會是什麼原因啊？」我沉吟了好半晌後才囁嚅道：「不會是被討厭了吧？」哭喪著臉，我說出了自己這段期間以來的疑慮。

「莊儀程？」尹修挑眉，「妳朋友也不多，應該是說他吧？」

「喂，你這樣說也太失禮了吧？」我不滿地嚷嚷，「再、再說了，不要管對方是誰啦！這只是假設，是假設！」雖然讓他們知道是誰其實也沒差，但我仍舊為此感到有些難為情。我慌亂地搖了搖手，臉頰升起的燥熱感卻出賣了我。

「嗯？不是嗎？」子晴瞇起雙眼，開始扳起手指，「我說過的吧？要是他真幹了什麼，休想要我輕易放過他。」

「冷、冷靜啊……」她的指節發出了響亮的喀喀聲，聽起來十分地駭人，我頓時直冒冷汗。

「不逗妳了，妳看看妳，這都緊張成什麼樣子？」她戳了下我的臉頰，又說：「但我果然還是討厭那傢伙，真是罪惡的男人，竟然讓妳煩惱成這樣。」

「子晴……」我低下頭，面對她的關心感到有些愧疚。

「好啦，回到正題，我是覺得，這要看情況吧？」

「這不是廢話嗎？」尹修吐槽。

「等我說完啦！」她朝尹修掄了一拳後接著說：「我是覺得，都到了能聊心事的地步，他會突然拉開距離多半不是因為討厭妳，而是因為什麼原因吧？」

即便這陣子以來我也是一直這樣說服自己，可直到同樣的話語自她口中說出後，我才真正地感到一絲踏實。

「可是，會是什麼原因呢？」我垂首嘆氣。

「這就不是我們能告訴妳的了。妳才是他熟悉的那個人，如果真有什麼原因的話，知道的那個人也是妳。」尹修摟了摟我的肩，隨後噘嘴哀怨道：「呿，明明國中時我也跟他挺要好的啊，那傢伙有心事怎麼就告訴妳而不告訴我呢？見色忘友。」

「就、就說了只是假設……」我越說越小聲，就連自己都覺得一點說服力也沒有，「那如果，我是說如果喔，如果你跟對方告白了，結果對方只淡淡地說了句『我知道了』而沒有回應你，可你們平時的互動明明就挺曖昧的，這樣的情況是——」

「我就知道，那個該死的渣男！」我還沒說完，子晴就激動地怒吼道。她手中的鋁罐瞬間被捏扁，裡面還沒喝完的飲料噴了出來，惹得我和尹修一陣驚呼。

「吼，倪子晴，妳也太浮誇了吧？」尹修一臉嫌棄，「再說了，阿程才不會是渣男呢，不信妳問苡孟。」他朝我努了努嘴，我怯怯地點頭。

可即便知道他不是這樣的人，我心中的不解仍舊沒有減少半分。

「嘖，你們一個個都向著那傢伙，真讓人不爽。」子晴嗤了聲，「好啦，那假設妳剛剛問的兩個問題客體都是同一個人的話，撇除妳是渣男吸引機的這個可能，再綜合妳剛才所有的描述，答案就更加明顯了吧？」

「嗯？」我和尹修同時好奇地望向她。

她盤腿而坐，右手撐著臉頰，左手伸出一根手指，嚴肅地說：「一，要嘛走少女漫套路，他背負著什麼重大的使命，或是因為有未婚妻啊、家裡是大財團啊之類的原因不能夠和妳在一起。再不然的話——」她故意拖長尾音。

嘖，這傢伙還真不正經。我翻了個白眼後才繼續問了下去：「再不然？」

「唉，就非得要我說得那麼直白嗎？」她先是用手肘戳了戳我，然後掩嘴對我猥瑣地笑著，又多比出了根手指，「走現實路線的話，可能是有隱疾，怕在一起不能讓妳『幸福』之類的。」說到那兩個字時，她還彎曲了下伸出來的那兩根手指。

唉，果然不該期待她有什麼正經的發言。

「咳咳——」尹修喝啤酒喝到一半被她的發言給嚇得嗆到。一陣咳嗽後，他眼角泛淚地笑著說：「老天，倪子晴妳真的是一點都不害臊、越來越誇張欸，妳沒看到苡孟的臉都紅成什麼樣子了？」他笑得上氣不接下氣，啤酒還從罐中灑了出來。

嘖，真想走人。我滿臉通紅地橫了眼笑成一團的他們倆。

「好啦，不鬧妳了。」她抹去了眼角的淚珠，伸出手指戳了下我的臉頰，「只是看妳這段時間悶悶不樂的，想讓妳放鬆一下嘛。來，笑一個！」她試著用兩隻手指拉提我的嘴角，讓我忍不住笑出聲來。

「笑得出來就來說正經的啦。」她搓了搓手，吁了口氣後又說：「他的心事是他的私事，我和尹修不好過問，能夠分析的自然就十分有限。但我想，也許是那傢伙自己有什麼心結吧？」

等等，這畫風也切換得太快了吧？我感到萬分衝擊地望著她。

「不過我覺得，是心結的話反而是最好辦，同時也是最難辦的吧？妳能做的只有將心裡的話好好傳達給他，剩下的就是他的事了——你們最後究竟能不能在一起，端看妳的心意有多強大，而他自己走出來的意願又有多堅強了。」她聳聳肩。

「我不會跟妳說一切有愛就好。畢竟現實不是少女漫畫，還有太多需要考量的因素。」她微微仰頭，偏首向我勾起一抹好看的笑容，「但也不需要考慮太多讓自己止步不前吧？不是說人們就該趁年輕的時候多受幾次傷嗎？想衝就衝吧，受傷的話還有我們替妳揍他一頓呢！」說完，她一臉驕傲地捲起袖管。

「咦？不是吧？帥氣的話都讓妳說完了，那我在這裡幹嘛？」尹修指著自己怪叫道。

「你？你自己都不知道了，我怎麼會知道？」她吐舌。

「喂！」

「噗哧——」看著他們倆，我頓時感到眼眶一陣濕潤，心裡好像被溫熱的蜂蜜給填滿一般，「謝謝你們。」

我想，我知道該怎麼做了。

第十四章　再去相信的勇氣

不要想著將自己束縛在地上，因為你永遠有一片天空能夠飛翔。

之夜就是下週二晚上了，我決定在這之前為他做些什麼。

計畫是這樣的——我打算利用週日早上在家的時間做幾個檸檬塔，晚上帶回臺北放進宿舍的冰箱中，週一下午再裝入保冰袋，然後偷偷地放到他的房門口。

只要避免正面碰到他的話，就不會直接被拒絕了吧？

其他事情都可以之後再說，現在的我，只是單純地希望為這段期間那麼辛苦練習的他做些什麼——儘管沒有親眼見到他練習的模樣，但從有參加之夜的同學們都忙得昏天暗地的景況，就可以想見身為民謠組主唱的他的辛苦。

而在他不願意理睬我的情況下，想來想去，我能做的也就只剩為他做甜點而已了。

檸檬塔即便是在冷藏的狀況下也不能存放太久，因此這次我共計只做了十個檸檬塔。留了其中三個在家給爸和阿嬤之後，剩下的七個檸檬塔我分成了兩個一盒與五個一盒帶回臺北——兩個裝的是隔天要給莊儀程的，我一回到宿舍便它放進了冰箱，而五個裝的我則是一上臺北便分送給了子晴、尹修以及其他三個室友。

「好久沒吃到妳做的甜點了。」子晴舔著沾到手指上的檸檬餡，一邊說：「衝著妳這麼會做甜點這點，就別跟那傢伙告白了吧？本小姐可以勉強跟妳在一起喔。」她噙著笑，食指挑起我的下巴。而我只是忽視她的調侃，紅著臉拍掉她的手。

不知道是不是所有放在宿舍冰箱裡的東西都特別容易被幹走，至少我們宿舍的冰箱就像是通往異次元的空間一樣，食物失竊文在交流版上屢見不鮮。也因此週日晚上到週一下午這段期間，儘管住在四樓，我仍舊三不五時會去一樓的冰箱前晃晃，確保身負重任的檸檬塔沒有消失在不知道誰的胃中，而檸檬塔也真的不負所望，好整以暇地在冰箱中待了一整晚。

週一下午我只有一點到四點有課，而莊儀程則是直到六點才會結束一整天的課程，於是我便趁著五點半將保鮮盒從冰箱中取出，放入橘黃色的保冰袋中，快步朝他外宿的地方走去——這樣既可以確保檸檬塔不會在室溫下放太久，也能確保不會不小心碰上他。

莊儀程就算上課會打瞌睡，但再怎麼說也還是個堅持不翹課的乖學生啊。思及此，我忍不住輕笑。

一路上，我小心翼翼地將保冰袋護在胸前，避免過分的晃動讓好不容易做好的檸檬塔被震壞，走了好陣子後才來到了那棟陌生中帶點熟悉的建築物前。拾級而上，有點沉重卻又帶點雀躍的腳步聲迴盪在樓梯間。

想起第一次從這裡離開時的愉悅、第二次從這裡離開時的錯愕，再次來到了這裡，我的心情不免有些複雜。

什麼時候，我們才可以回到從前那樣呢？我忍不住低頭苦笑。

直到終於蹲下身，將一直護在胸口的保冰袋擱在了他的房門口，我這才如釋重負地吁了口氣。

希望他可以喜歡我這次做的檸檬塔。

雙手佇在大腿上，我撐著臉頰，滿意地對著眼前色彩鮮艷的保冰袋笑了。

「好啦，任務完成！」好一會兒後，我才緩緩直起身，敲了敲自己的背，「唔，該好好想想晚餐該吃些什麼了。」我如是想著，正打算轉身走下樓。

驀地，一陣腳步聲傳來——

嗯？

誰啊？難道是其他樓層的房客嗎？

我感到疑惑地轉過身來欲看清來人，卻在那抹身影映入眼眸的剎那徹底失去了說話能力，只能如金魚般呆滯地微微張嘴。

莊儀程？

我不可置信地眨了眨眼，甚至還忍不住抬手看了眼手錶。

不可能啊，現在還沒六點欸？難道他真的翹課了？

突如其來的相遇讓我渾身直冒冷汗，怎麼也邁不開腳步，只能愣愣地看著他一步步往上走來——他戴著耳機，低頭看著手機螢幕，口中哼著悅耳的曲調，看起來並沒有注意到我的存在。

怎麼辦？低頭快步從他身邊走下樓嗎？緊咬下唇，我猶豫不決。而就在我終於決定邁開腳步時，眼前那人驀地抬起頭——

那瞬間，我清楚捕捉到他閃現驚愕的目光。

「苡孟？」

他將其中一耳的耳機從耳中拔出，語氣中滿是錯愕與驚訝。

不想看到他這樣的表情。

我的視線死黏在垂墜於他胸口下的那耳耳機，來回晃呀晃地。

這麼長時間以來，他終於肯正眼看我，終於肯呼喚我的名字了。只不過，用的是錯愕的眼神和訝異的語調。

不該是這樣的啊？

望向我時眼底彷彿有道暖流流過的溫暖眼神，還有那用好聽的嗓音呼喚我時輕快的語調呢？

不該是這樣的。

我的腦海中頓時只剩下四個字——

咫尺天涯。

我突然好想哭。

「嗨，好久不見。」我深吸口氣，嘴角勾起了一抹僵硬的笑容，「你課不是到六點嗎？怎麼那麼早回來？」

「呃，喔。」他頓了下，「大家約好五點加練啊，所以我就翹了後面那節課。後來練到一半發現有東西忘了帶，所以就趕緊回來拿囉。」他禮貌而帶點距離地對我笑著說。

是這樣啊？原來他也是個會翹課的人呢。

我衝著他小幅度地點了點頭，示意他我知道了。

「那妳呢？妳怎麼會在這裡？」他問。

見他一臉納悶，我趕緊對他搖了搖手，「啊，你別誤會，我不是在堵你喔，我知道你需要時間……」講到這裡，我忍不住悶悶地低下頭。

雖然知道他需要時間，但要說不難受什麼的，果然還是不可能啊。

對他日漸累積的思念，就像是條緩緩繃緊的細棉線，在見到他的那剎那，清晰地傳出了細微的迸裂聲，每在他面前多待一秒，組成並維繫整體的細小纖維便一絲絲無力斷開。

像是在尋找支撐一般，右手緊揪著左臂，我又喃喃接續道：「只是想說你這段期間那麼辛苦，可以的話總是希望能替你做些什麼。想來想去我也只有做甜點比較擅長，才做了幾個檸檬塔，打算趁你沒有課的時候拿來給你。」我對他撐起一抹勉強的笑容，「好啦，你還得趕著回去練習吧？那我就先不打擾你了，練習和表演都要加油喔！」

吸了吸鼻子，我邁開腳步，打算在眼淚克制不住前趕緊離開這裡。沉甸甸的腳步聲就像我此刻的心情，與他擦肩而過後，我一步步向下走去。

「苡孟。」

走了幾步之後，他的輕喚聲竄入耳中，我愣了下，在距他幾步之遙的階梯上轉過身來。

身後的牆壁上方有個對外的玻璃窗，午後的暖陽正巧透過它斜斜地照了進來，那道光束就這樣不偏不倚地落在他身上，他所在之處盡是光芒。

「謝謝妳，我會好好品嚐的。」

他笑了，笑得燦爛如陽。

不再是方才的禮貌與生疏，而是熟悉得令我想哭的笑容，溫暖而純粹。

一瞬間，那股無以名狀的陌生氣息蕩然無存。

啊啊——真的是他啊。

他的髮絲、他的眉宇、他的黑眸、他的酒窩、他的唇瓣，他的所有在陽光下都是一如往昔的絢爛。

為了之後能好好將自己的想法傳達給他而在腦海中打好的草稿，霎時間一個字都想不起來。我頓時只覺得有股熱氣哽在胸口翻騰叫囂、不吐不快，非得張開嘴喊出來才行——

「莊儀程！」

恰似沙漠中的礫石摩梭，好不容易從喉嚨掙出的聲音窒悶嘶啞。久未喊出的幾個音節像是我未曾聽聞的語言般，回傳到我的耳裡，一時之間竟讓我感到些許陌生。

「我喜歡你！你想躲我也好，想忽視我也罷，但不論你的答案是什麼，我都希望你能夠再次感受到幸福！」

漫長的等待與凝睇中，日漸累積的思念化作了單一的殷切期盼。

我看見他驀地微怔，望向我的黑眸光影閃爍，張開嘴好像想說些什麼。

但我不在乎。

這一次，我不要再什麼都做不了、什麼都沒說出口就被他隔在高牆外了。

不需要精心撰擬的草稿，不需要華美艷麗的詞藻，此刻的我，僅僅是想將自己內心中最真實的話語一字一句好好地傳達給他。

「獨自一個人痛慣了、寂寞久了，總會忘記幸福是什麼模樣。」直勾勾地望著他，我緊握的雙手微微顫抖，有些長長了的指甲刺進手心，伴隨著的刺痛感讓我的意識清晰無比，「但是沒有關係，就算你的心忘記了，你的身體會幫你記得；如果連你的細胞都忘了，至少還有我幫你記著。」

曾經，在一次半夢半醒的通識課中，老師提到「細胞記憶」是一種很神奇的東西。

它會記得你的痛苦，同時也會記得你的快樂。

但倘若你的憂傷太深，深到連細胞都喚不回快樂的記憶，至少還有我記得你對幸福的憧憬，記得你曾是快樂的少年。

是你給了我再次飛向蒼穹的力量，所以這一次，輪到我給你再次相信的勇氣。

「如果你忘了怎麼邁開腳步，害怕再一次踽踽獨行，那我就和你一塊兒兩人三腳。」

「如果你忘了怎麼展翅，那這次就讓我做你的青鳥，伴你一起翱翔。」

像是要耗盡所有的力氣與勇氣，我幾近聲嘶力竭地對他傾訴著。

「不要想著將自己束縛在地上，因為你永遠有一片天空能夠飛翔。」

尾音落下，空氣彷彿瞬間靜止一般，徒留那道微光在樓梯間靜靜流淌，好似安靜輕淺的小河，氤氳出一絲暖意。

胸口因為紊亂的吐息劇烈起伏著，我全身顫抖，眼眶濕潤、雙頰通紅，死死地抿緊雙唇不願讓眼淚落下。

這樣，應該有好好地傳達給他了吧？

他就站在那兒，站在陽光下，看著我的眼神乾淨純粹，隱約可以看見水氣晃蕩。

「還真被妳給打敗了。」

好半晌後，他才含笑嘆了口氣，用食指輕抹眼角，無奈卻又帶點寵溺地說。

金黃色的光線像是替他滾上了金邊一般，他的笑容在陽光裡越發燦爛。

那瞬間，彷彿世界上所有美好的聲音都被濃縮在他說出的那句話裡——

「明天之夜的表演，來看吧？」他說。

*

「欸？苡孟？真是稀客啊。」停下手中搖擺看板的動作，徐詠昕說：「還以為下學期妳都不參加系上活動的，今天是什麼風把妳吹來啦？」她對我擠眉弄眼，手肘還頂了下我的手臂。

在幾個月前的一次必修課分組報告中，我才真正和在系上一直十分活躍、現在可說是我在系上為數不多的朋友之一的詠昕熟識了起來。不論是長相、穿著還是行事作風都很美式的她，因為面貌姣好又身材高挑的緣故，偶爾還在外面接了些模特兒的工作。而加入了系學會公關組的她，方才正是和組上的成員們在攤位前一面招呼同學入場，一面搖著小看板呼喊著「打卡送啤酒」的口號。

「當然是來看妳的啊。」我捏了下她的臉，對她諂媚一笑。

「嘖，少噁心了妳。」她雙手抱臂，故意抖了下身子，然後曖昧地說：「來看莊儀程的吧？嗯？」

微微一凜，頓了幾秒後，我才撓了撓臉，乾笑著說：「嘛，也有囉。」

雖然系上曾有幾個比較熟識的同學問過我怎麼感覺最近莊儀程和我有些疏遠，但一方面是自我催眠，一方面是不想在情況定下來前說死，我總是面帶笑容地擺手回答：「哪有啊？是他太忙啦，又是之夜又是系隊的，一般人可能連跟女朋友相處的時間都沒有了，他怎麼可能還顧得到我啦？」

而單純如他們也就真的信了，拍拍我的肩，安慰我說等一切事情結束了就好。

唉，若真是等一切事情結束就好，那該有多好啊？

昨天那場意外相遇的最後，因為一時衝動，我一股腦地將心意在樓梯間傾訴給了他。而在那之後，莊儀程並沒有針對我所說的回應些什麼，只是笑著邀請我來看他之夜的表演。

究竟他這樣的反應是什麼意思，我一點頭緒也沒有，也因此此刻的我，心中有那麼一塊是雀躍的，但仍有好大一塊是迷惘不安的。

「嘖嘖，不是我要說，莊儀程那傢伙還真是罪孽啊。」詠昕搖了搖食指，一臉壞笑，「他彈起吉他那是一個，唉唷，我都不忍說自己快要迷上他了。」她呵呵笑著，一手摀著臉頰，「尤其是那首男女合唱的情歌！老天，驗收的時候看到他那深情款款的眼神，我都快嫉妒死依蔓了。」

我當然知道他彈吉他的樣子是多麼地迷人。

但是依蔓？深情款款？合唱情歌？

我突然覺得詠昕的笑容有些刺眼，只能僵硬地勾了勾嘴角。

「詠昕，別再聊天啦，趕緊幹活。」一旁的同學橫了她一眼。

「好啦。」說完，詠昕趕緊遞了張節目清單給我，「等等記得看我跳舞喔！對了，妳要打卡拿啤酒嗎？」

雖然我已經發誓不再喝啤酒了，但是早些時候，尹修才特別囑咐我幫他拿一瓶——

「啊啊——我也好想去看阿程表演啊！可我還有個必修報告還沒做，今天要是再不開始我就來不及了，更何況那又是小組報告，我不能當雷組員啊！」尹修在電話那頭哀號著，聽起來十分懊惱，「只好看之後上傳的影片了……啊，對了，你們不是有打卡送啤酒的活動嗎？幫我拿一罐。」

於是我打完卡，將啤酒放進包包中，緩步走進了禮堂。

我們系上的之夜在學校被列為四大之夜之一，據說除了本系的同學之外，每年都有許多外系的同學慕名前來觀賞。

表演還沒開始，裡面就已擠滿了等待的人潮，座位區幾乎沒有空著的位子，我索性背倚柱子，百般無聊地翻看起手中印刷精美的節目表。

民謠組的表演被安排在上半場節目的中間，接在那之後的是女舞表演，而樂團組之類的則是被安排在了下半場。莊儀程是民謠組的，而詠昕和其他幾個在系上與我較要好的女生則是負責跳女舞。

這樣剛好，看完女舞差不多就可以走人了。如是想著，之夜也在夜幕低垂時揭開了序幕。

經歷了開場、主持還有劇組的洗禮後，就在我開始感到有些無聊與不耐時，劇組的第一場表演終於結束了。

在主持人簡短地為接下來的演出開場後，舞臺上的光線漸漸暗去，短短幾秒的黑暗中，我就已經聽到了同學們此起彼落的尖叫聲與呼喊聲。

「莊儀程！」

「盧依蔓！」

「詹祐勳！」

呼喊聲與尖叫聲混雜在一塊兒，聲波粒子強烈地衝擊著我的聽覺神經，我只覺得耳膜在嗡嗡震動，有些不舒服地擰起眉來。

舞臺射燈緩緩亮起，在一束束亮紫色的光芒中，五抹身影出現在了舞臺中央。

我的心驀地抽動。

今天的他穿著白色的素T與淺藍色的牛仔褲，T恤外頭罩著淡藍色的牛仔外套，袖子捲到了手肘下緣，難得抓過的頭髮為他本就迷人的臉龐加分不少。他的嘴角堆滿笑，抱著吉他輕輕撥弦的模樣讓我不自覺心跳如鼓。

果然，很喜歡他啊。我忍不住輕笑。

第一首歌是由盧依蔓solo，唱的是Kimberley的「愛你」。

盧依蔓是名身形十分嬌小的女孩，她的穿著相當日系，平時臉上都畫著淡妝，一頭及肩的深褐色中長髮恰到好處地微微內捲，臉上總是掛著甜甜的笑容，看起來很是可愛。雖然不是系花，但在我們系上也有相當高的人氣。

原來她不只長得可愛，就連唱歌都那麼好聽啊。

我閉上眼睛　貼著你心跳呼吸
而此刻地球　只剩我們而已
你微笑的唇型　總勾著我的心
每一秒初吻　我每一秒都想要吻你

身子隨著旋律左右搖擺，她閉上雙眼沉醉在自己的世界中。清甜的歌聲飽含情感，彷彿是甜蜜的耳語呢喃。

唱到副歌的時候，她緩緩張開了含笑的水靈大眼，噙著笑，舉起左手跟著節奏擺動，而臺下的人們也跟著她的動作舉起雙手，如癡如醉地隨著旋律搖晃著。

就這樣　愛你　愛你　愛你　隨時都要一起
我喜歡　愛你　外套　味道　還有你的懷裡
把我們衣服鈕扣互扣　那就不用分離
美好愛情　我就愛這樣貼近　因為你

感情驟然上揚、大肆渲染，富含穿透力的清亮歌聲像是在對愛人傾訴著滿腹愛戀。然後尾音落下，掌聲如雷。

真的好厲害啊！

發自內心地被她的歌聲懾服，我忍不住賣力鼓掌。

接在那之後的是由莊儀程和盧依蔓兩人合唱的經典情歌「Way Back Into Love」。表演還沒開始，臺下就傳來了曖昧的口哨聲與叫喊聲。

我想起了詠昕說的那幾個字——

深情款款。

突然有些不想看下去了啊。我不自覺揪緊衣角。

回過神來時，盧依蔓如銀鈴般清脆的歌聲已然響起，她一面唱著，一面望向身旁的莊儀程，而莊儀程也側過身回望著她，隨後接續唱道——

I've been hiding all my hopes and dreams away
Just in case I ever need them again someday
I've been setting aside time
To clear a little space in the corners of my mind

他帶笑的面容被罩在溫暖的黃光中，歌聲溫柔中帶有磁性。

我本該跟詠昕說的一樣心動的，但即便隔了一段距離，我仍舊能夠清楚看著他凝視著盧依蔓唱歌時的眼神，這讓我連微微一笑都沒有辦法，只能緊咬下唇，心臟一抽一抽的。

All I wanna do is find a way back into love
I can't make it through without a way back into love
And if I open my heart again
I guess I'm hoping you'll be there for me in the end

純淨輕快的節奏、甜蜜溫暖的氛圍，盧依蔓甜甜的嗓音與莊儀程溫文的歌聲娓娓唱出動人的樸實愛戀。

換做是平時，我大概只會覺得好聽與驚艷，並且和一旁的同學們一齊沉醉在他們的歌聲中。然而此刻的我，卻無法自抑地開始胡思亂想著——

所以在疏遠了我那麼久之後，忽然叫我來看表演的他是什麼意思？

是要我看他跟盧依蔓深情對望的樣子嗎？

大家都說一起辦活動很容易產生感情，莫非……？

此刻，我竟覺得像與舞臺間隔了層玻璃一樣，縱然看得清他們的面容、看得清他們嘴巴的開闔，卻再也聽不清他們的歌聲。

合唱在震耳欲聾的尖叫聲與掌聲中畫下尾聲。他們相視而笑，在一道道粉紅色的光束中對著臺下深深一鞠躬，而舞臺上的燈光也隨之逐漸暗去。

「奇怪？不是應該孩有一首獨唱嗎？」

在一陣嘈雜中，我隱約聽見一旁有人正疑惑地交頭接耳著。而在我同樣產生了這個疑惑時，五道藍色的射燈再次亮起。逆光中，只見一抹抱著吉他的身影站在舞臺中央，而後上方的大燈登時亮起——是莊儀程。

「欸？只有莊儀程？」

臺下傳來了訝異的詢問聲，我也對此感到納悶。

他們不是五個人一起表演嗎？怎麼現在只有他一個人站在臺上？

「哈囉，大家好，又是我莊儀程。」

驚呼聲中，只見莊儀程不疾不徐，面帶微笑著湊近了前方的直立式麥克風，「在表演開始之前，首先，我要謝謝我的組員們願意冒著事後被檢討的風險，讓我臨時更改了最後一首表演曲目。」說完，他側身向舞臺邊揮了揮手，而舞臺邊也傳來了盧依蔓他們的加油與尖叫聲。

更改曲目？為什麼？我微微一愣，愣愣地注視著舞臺上的他。

他清了清嗓子，接著說：「最後一首歌，原本是要為大家帶來ONE OK ROCK的『Wherever you are』。但是因為一些特殊因素，所以我想藉今天這個難得的機會，向一個對我很重要的女孩說，『謝謝妳，成為了我夜空中最亮的星』。」

話還沒說完，臺下便爆出了興奮的尖叫聲與口哨聲。他靦腆地笑了，頰上隱約浮現出紅暈。

「所以接下來，就讓我為大家帶來這首逃跑計畫的『夜空中最亮的星』，希望在場的妳還有各位都能喜歡，謝謝。」

我的腦袋一片空白。

他說的，是我嗎？

還沒反應過來，熟悉的旋律就這樣傳入了我的耳中。

舞臺上射燈的藍色光束游移，莊儀程低下頭來輕輕撥弄琴弦，而他的富有磁性的歌聲也隨著旋律響起。

夜空中最亮的星　是否知道
曾與我同行　的身影如今在哪裡
OH　夜空中最亮的星　是否在意

是太陽先升起　還是意外先來臨

是那首他在天臺上對我唱的歌。

我頓時感到眼眶一陣濕熱，一顆心隨著他清亮的歌聲起伏，與之共振。

嘈雜昏暗的禮堂中，我的眸中獨獨映著他的身影，耳裡只聽得見他的歌聲迴盪。儘管我們之間隔著人潮洶湧，但我卻覺得他溫暖的歌聲直直地穿越了人群，傳遞到了我的耳畔。

我寧願所有痛苦都留在心裡
也不願忘記你的眼睛
給我再去相信的勇氣
OH　越過謊言去擁抱你
每當我找不到存在的意義
每當我迷失在黑夜裡
OH　夜空中最亮的星
OHOH　請照亮我前行

和半年前一樣的旋律、一樣的歌聲。

和半年前不一樣的場景、不一樣的情感。

若說當時他唱的是給予我繼續前行的祝福，那此刻他唱的，便是向我傳達他已經擁有了再去相信的勇氣。

最後一個音符落下，在舞臺上的燈光暗去前，我甚至清楚地看見他對著臺下的我燦爛一笑，笑容閃閃發亮，恰似五月末的暖陽。

啊啊——看來有好好的傳達給他呢。

吸了吸鼻子，方才哽在胸口的酸澀感消失無蹤，現在的我，只覺得心頭暖融融的，嘴角忍不住微微上揚。

有好好傳達給他，真是太好了呢。

「苡孟？」

接續在民謠組之後的女舞表演甫開始，一道久違的熟悉嗓音便傳入了我的耳中，我的思緒頓時被抽離舞臺。

「羅以廷？」我扭過頭，驚訝地看著來人，「嗨，你……也來看我們系的之夜啊？」頓了頓，我有些尷尬地對他勾起嘴角，揮了揮手。

上次跟他見面已經是去年我生日時的事了。

雖然當時說之後也許可以再和彼此當朋友，但我心底也知道這不是件那麼簡單的事，甚至也做好了不會再跟他往來的心理準備。

可是現在他就站在這裡，一臉無所謂地和我打著招呼，我頓時感到不知所措。

看到我略顯僵硬的反應，羅以廷忍不住笑道：「那麼緊張幹嘛？我可沒跟蹤妳啊，別想太多了。只是社團裡一個要好的朋友是你們系的，今天才特別來看他表演。」

見他沒有什麼異狀，我也就放下心來，彼此寒暄幾句之後，便一起繼續欣賞臺上的演出。

就在我看得入神時，口袋中突然傳來一陣震動。有些疑惑地將手機拿了出來，將螢幕亮度調到最暗，我垂首一看——

「我在河堤上等妳。」

一則簡短的訊息通知映入眼簾。

是莊儀程。

深吸了口氣，我握著手機的雙手微微顫抖。

「嗯？怎麼了嗎？」

察覺到我有些奇怪的反應，羅以廷偏首問道。

我沒有立刻回話，只是閉上雙眼。

吸氣。

吐氣。

吸氣。

吐氣。

平復了下情緒後，我緩緩睜開雙眼，然後對著身旁的羅以廷說——

「羅以廷，你可以對我說聲『加油』嗎？」

「啊？」羅以廷愣住了，過了幾秒後才反應過來，「說聲『加油』？妳在賣愛心筆喔？」

「才不是，我很認真。」翻了個白眼，我抿了抿有些乾澀的嘴唇，囁嚅道：「明明就快接近幸福了，我卻又突然膽小得不敢朝它奔去……」揪緊衣角，我看著手機螢幕漸漸暗去。

即便在心底演練過不下千百遍，但當莊儀程真的要找我談談時，我卻一時之間無法好好地邁開腳步。方才他是對我唱了那首歌，但往壞處想，那可能也不代表什麼。

也許，在好不容易尋回的幸福前，人都是膽怯的。

羅以廷直勾勾地望著我，好片刻後才嘆了口氣，釋然一笑。

「雖然我不太清楚妳在說些什麼，但是——」他雙手突然搭在我的肩膀上，讓我嚇得身子一顫，「去吧。不要猶豫，奔向讓妳幸福的方向吧。」說完，不待我反應，他嘴角噙著溫暖的笑容，將我身子一轉，然後用手輕輕推了下我的背。

「加油。」他說。

踉蹌了幾步，我才回過頭來望向他。

即便是在昏暗擁擠的禮堂中，我依舊可以清晰地看見他明燦的笑容。

心裡頓時充滿了勇氣，我將雙手圈在嘴邊，「謝謝你！」

語畢，我對他燦爛一笑，然後毫不猶豫地回過頭來，朝門外奔去。

*

「哈、哈、哈、哈——」

一路狂奔，我在人群間快速穿梭，一面閃避著路上的障礙物，在路人怪異的眼光以及偶爾被我擦撞到的人的狠瞪下一路來到了河堤下。

心臟跳得飛快，每一次突突地跳動都像是要衝破胸口。呼吸沉重急促，頓時只覺得肺都快要被自己給吐出來了。我雙腿發軟，全身幾乎都被汗水給浸濕，只得彎下身來，雙手撐在膝蓋上沉重地吐息，試圖緩解劇烈運動所產生的不適感。

老天，這輩子我從沒跑得那麼累過。

我緩緩抬起頭來，沒想到卻兩眼發黑，視線有些模糊，一陣暈眩感讓我險些站不穩。

但是我不能停下。

因為我知道，他就在那裡。

又喘息了幾秒，待心跳稍微平復之後，我這才三步併作兩步，踉踉蹌蹌地登上階梯，來到了河堤上頭。

「莊儀程！」

看到了那抹站在不遠處的身影，我邁開早已痠痛不已的雙腿大步朝他奔去。

聞聲，他側過身來，在看到我狼狽的模樣時壞心眼地噗哧一笑，「妳跑得那麼急幹嘛？我又不會跑掉。」

聽到「我又不會跑掉」幾個字，我的眼眶登時一紅，忍不住委屈地掉起了眼淚，「都你在說！這段期間你不理我，甚至連看我一眼都不願意，你知道我有多難受嗎？」吸了吸鼻子，不等他回話，我哽咽地繼續埋怨著，「我那麼擔心，結果你倒好，只顧著在那裡和盧依蔓深情對唱。」

話講出口後我才感到後悔。天啊，這是什麼少女漫畫裡的老梗吃醋臺詞啊？

面前的莊儀程頓了幾秒後才意識到我在說些什麼，他有些邪魅地勾起嘴角，伸出手來揉了揉我的髮絲，說：「妳吃醋啦？」

「才、才沒有。」紅著臉頰，我緊咬下唇，沒有抗拒他安撫我的動作。

嘴巴上說不要，身體卻很誠實。突然想起了這句話，我連忙搖了搖頭，把這羞恥的念頭甩出腦海。

「真的沒有？」他先是挑眉，然後笑道：「好啦，不鬧妳了。想什麼啊？我跟盧依蔓才沒什麼呢。再說啦，她前幾天才剛跟我們民謠組裡的薛佑謙在一起。深情對唱只是舞臺效果而已，只不過，看起來是有人過度解讀，自顧自地吃醋囉。」

「唔，你再鬧我我就要走了！」

狠下心來忿忿地瞪了他一眼，我跺腳作勢轉身，卻被他順勢帶進了懷中。

「別氣啦，重要的話我都還沒說妳就想走啊？」

他好聽的聲音在我耳畔響起，搔癢著我的耳朵。我登時一頓，只覺得臉頰熱了起來，心臟也慢慢加快了跳動的速度。

「莊儀程……？」

「噓，妳先別說話。」他箍緊了手臂，讓我有些喘不過氣，卻又同時感到一股沒由來的安心。

能夠再次感受到他的心跳與吐息，真好。

如是想著，我收緊臂膀，緊緊回抱了他。

片刻後，他才有些顫抖地開口道：「這段期間讓妳那麼難受，對不起。」

他的聲音很輕很淡，險些消散在風中。

「第一次在天臺上遇見妳，看到妳那樣悲傷的神情時，我總覺得妳跟我好像，心想著『如果我能夠讓妳開心起來的話，自己是不是也能夠走出去呢』。」說到這，他停頓了一下，然後輕輕地苦笑了聲，「可是後來，妳竟然願意克服對過去的恐懼，僅只是為了替對妳亂發脾氣的我做檸檬塔。」

「那一刻，我被妳深深吸引了。」他好聽地輕笑了聲，而我的心也隨之抽動了下，「但也是在那一刻我才發現，我們很像，卻又不一樣。」

「儘管後來我漸漸地喜歡上妳，也終於鼓起勇氣對妳敞開心房，但我不像妳那麼勇敢，在我將過去說出來之後，我的心底還是隱隱感到害怕。」他的聲音顫抖著，高挑的身形此刻感覺既脆弱又單薄。我看不到他的表情，只能揪心地輕輕拍撫著他的背部。

「我害怕再一次的擁有意味的是再一次的失去，所以自顧自地對妳敞開心房，又自顧自地將妳推開，對不起。」他悶悶地說。

微風吹過，他的髮絲拂過我的臉頰與脖子，讓我感覺癢癢的。

「妳曾說我是妳的青鳥，但我覺得，一次次不死心地想要帶我邁開腳步的妳，才是那隻羽翼飽滿的青鳥。」

「妳說得對，在我心底，我還是渴望著幸福的。」他含笑說道，語氣中帶著些許哽咽，「所以，就算知道青鳥總有一天還是會飛走，這一次，我還是想試著展翅飛翔，試著再一次感受幸福。」

他緩緩鬆開緊抱著我的雙手，水氣晃蕩的澄澈黑眸有些閃爍地望向我，在一陣支支吾吾後，他囁嚅道：「妳……願意陪我嗎？」

他的頰上爬上兩團酡紅，撓著臉頰的模樣看起來很是可愛，惹得我噗哧一笑。

「願意，當然願意！」

說完，我緊緊撲抱住他，在感受到懷中他一瞬間的僵硬之後，幸福地笑了。

「啊，對了，還有一件很重要的事。」

「嗯？」從他懷中抬起頭，我疑惑地應了聲。

「我曾經說過，我一直都很寂寞，對吧？」

「嗯，怎麼了？」他不會又在胡思亂想了吧？我有些擔心地輕輕捏了下他的手心。

「那妳知道，一個人不寂寞的方法是什麼嗎？」他輕笑問道。

什麼啊？猜謎語嗎？

「唔，不知道。」偏首思考了好半晌，我放棄掙扎，投以他困惑的眼神。

「愛一個人。」他說，「所以，雖然是遲來的告白，但是苡孟，妳願意和我在一起嗎？」

咦？

什、什麼？

我的身子微微一僵，尷尬地乾笑了聲後才小聲問道：「呃，所以前面那一大段……不是告白喔？」

好糗，我還以為前面那段是告白呢。

「呃，不算是吧，剛才說的那些只是想讓妳知道我想開了。」他頓了頓，也有些不自在地勾起嘴角，接著才小聲埋怨道：「嘖，妳誤會的話就早說嘛，這樣的話，我也就不需要說那麼害羞的話了。」

「喂，什麼話啊？」我不禁失笑，伸手戳了戳他的臉頰，「我告白兩次都沒在害羞了，你是在嬌羞什麼啦？」

「嘖，別鬧。」他的臉頰變得更紅了，兩手用力地朝我臉頰捏去，「所以……妳的答案是什麼啦？」

「你覺得呢？」因為臉頰被他捏著的緣故，所有字句糊成一團，但我不以為意，開心地咯咯笑著，還俏皮地對他眨了眨眼。

「唉，我說妳啊——」

「當然是願意囉！」

他還沒說完，我便率先打斷，「我願意！不管你說什麼，我通通都願意！」說完，我對他甜甜一笑，然後再次緊緊抱住他。

「我以後可能還是會偶爾很忙喔，沒關係嗎？」

「嗯。」

你忙的話，我就在你累的時候為你做甜點，幫你按按摩。

「我以後可能還是會偶爾作惡夢發脾氣喔，沒關係嗎？」

「嗯。」

你作惡夢的話，我就把你喚醒，讓你知道，現實中還有很多美好的事物在等待著你。

「我以後可能還是會偶爾沒安全感喔，沒關係嗎？」

「嗯。」

你沒有安全感的話，我就緊緊抱住你，讓你知道，我就在這裡。

「那……我現在想要吻妳，沒關係嗎？」

我驀地一怔，然後——

「嗯。」

踮起腳尖，笑著吻上了他的唇。

初春的夜晚帶著些微涼，間或吹過的微風將我的髮絲帶起，輕輕縷過散落在臉前的髮絲，路燈暈黃的溫暖光線下，我與他相視而笑。

能夠在迷失於黑夜裡時與對方相遇，成為彼此夜空中最亮的星，真是太好了。望著他清澈的眼眸，我如是想道。

尾聲

到了地下一樓向好久不見的敏珠姐打聲招呼、借走了通往天臺的鑰匙後，我走著熟悉的路線來到15樓。小心翼翼地推開門，拾級而上，我在推開眼前那道熟悉鐵門的剎那不自覺勾起了嘴角。

軋——

打開門的那瞬間，視野一如既往地開闊了起來。

這裡是一切故事開始的地方。

曾經停滯的時間，在那抹身影赫然出現在我的生命時再次流動了起來。

我緩步邁向樹圍椅，果不其然在上面發現了那抹熟悉的身影。

嗯？睡著了？

蹲在椅子前，我一手撐著下巴，一手拿起手機來偷拍他的睡顏。

嘿嘿，我就一直拍，看你什麼時候醒來。

然而，沒想到的是，在我拍了好陣子後，那人依舊沒有一絲甦醒的跡象。

呿，這傢伙，約我上來吃飯，結果自己倒是睡得那麼熟啊？

不滿地撇了撇嘴，我決定採取行動——

「莊、儀、程！」每唸一個字，我就戳了他臉頰一下。

「唔啊——」他登時睜開迷濛的雙眼，被我突如其來的舉動嚇得險些跌下椅子。見狀，我不禁捧腹大笑。

「啊啊——是苡孟啊？來了怎麼不說一聲呢？」說完，他順了順睡得有些雜亂的髮絲，然後打了個大大的哈欠。

「我說啦，然後你就被嚇到了。」無辜地聳聳肩，我順了順裙子後便在他身旁一屁股坐下，「所以，今天的午餐是什麼？」雙手掌心向上，我朝他眨了眨眼。

「吶，給妳。」

他笑著嘆了口氣，將便當盒放到我的掌心上。

興沖沖地打開飯盒，濃濃的奶香竄入鼻中——

「唔喔——是奶油野菇燉飯，我開動啦！」

等不及地拿起放在一旁的鐵湯匙，我挖了一大口後立馬送入口中。

「喂，妳慢——」

「唔呃，好燙！」

從舌尖傳來的陣陣刺痛讓我不住哀號，放下湯匙，我賣力地用手搧著舌頭。

「唉，妳喔，實在是……」他嘆了口氣，將水壺打開，遞了過來，「就叫妳把話給聽完嘛，剛煮好沒多久當然很燙啊。」

我趕忙接過水壺喝了一大口，喘了口氣後，才又開始慢慢吃起了美味的奶油野菇燉飯。濃濃奶香在我口中化了開來，濃郁卻不讓人感到膩口，蕈菇的香氣與奶香融合得恰到好處，我忍不住一口接著一口津津有味地品嘗著。

「好吃嗎？」他一面吃，一面問道。

「這不是廢話嗎？」咀嚼著口中的飯粒，我義正詞嚴道：「只要不是甜點，你做什麼都好吃。」語畢，我惡質地哂笑。

「嘖，我就是太寵妳，才讓妳動不動就爬到我頭上來。」莊儀程嗤了聲，不甘心地咬著湯匙說。

「不過，甜點做得不好吃也沒關係啊。」朝他嫣然一笑，我將目光放向了遠方，「下一次，我們一起做檸檬塔吧。不是要取代記憶中的滋味，而是要創造出屬於新的幸福的味道。」

聽到我說的話，他微微一凜，末了笑了開來，說：「嗯，我很期待。」

相視而笑，我們又繼續吃起了手中的便當。

「對了，妳阿嬤昨天動手術還好吧？」

「嗯，聽我爸說的，應該還算不錯吧？她就住在樓下病房，要是你願意的話，待會兒就可以去看看她啦！說起來，她前幾天還一直叨唸著想找你聊天呢。」說著，我突然意識到一件事，「啊，慢著，我爸現在好像在陪她的樣子，哈哈。」困窘地撓了撓臉頰，我乾笑道。

雖然偷偷讓阿嬤知道了我和莊儀程在一起的事，但我還沒向整天叨唸我不要太急著談感情的爸爸提起過這件事。

「那好吧，明天我再趁妳爸不在時買水果跟妳一起去看她。」他輕笑。

和莊儀程在一起後又過了好些日子。

現實生活並不像是童話故事一樣，只要兩個人心意相通，從此以後就能過著幸福快樂的日子。

在一起的這段期間，我們沒少了爭吵，但更多的是甜蜜與相互扶持。

我想，傷痛從來都沒能那麼快就被遺忘，但只要試著邁開第一步，漸漸地，就能夠越走越快，越走越遠。

當然，我的生活也不僅僅只有愛情——

阿嬤的身體狀況偶爾仍會讓我們家陷入一片愁雲慘霧之中，但總的來說，至少也是按部就班地治療，並一步步地往更好的方向邁進著。

而幾乎週週回家的我，也時常和爸爸陪著養成了運動習慣的阿嬤一塊兒散步聊天。

那麼尹修、子晴還有羅以廷呢？

尹修依舊沒能向他爸坦承自己的性向，甚至偶爾也會和顧德明吵架，然後再找我與子晴喝酒抱怨，但他仍舊相信著自己的感情並不是一件錯誤的事情，並堅定地走在自己的道路上。

子晴與我，則是在相互坦承後感情變得越來越好，好到連莊儀程都嚷嚷著吃醋的地步。

至於羅以廷嘛，我和他現在也已經變成了在路上遇到能聊上幾句的關係。

很多事情都在不知不覺中改變了，卻也有許多事情沒有改變。

樹梢的嫩綠葉片在微風中沙沙作響，間或篩下了細碎的暖陽。

眼前城市的開闊風光一如既往地美麗，遠處和地平線接壤的蔚藍大海仍舊依稀閃爍著凜凜波光。

前路迢迢、長路漫漫，儘管我偶爾仍舊會摸不清幸福的形狀，但我相信，只要願意試著邁開腳步，總是能離幸福更進一步。

明天，又會是怎麼樣的日子呢？

現在的我，已經忍不住開始期待。

「想什麼呢？那麼出神。」

回過神來，只見莊儀程伸出了手來在我面前晃了晃。

陽光將他的身影暈開在身後的晴空之中，髮絲末梢隱約被暖陽染成了如麥穗般的金黃——一如那幅雋刻在我腦海中的水彩畫，一如我們初見。

我忍不住微微一笑。

「沒什麼，想你而已。」

謝謝你，在那個明媚的夏日午後悄然翩至，為我的青春，畫上最為濃墨重彩的一筆。

謝謝你，出現在我的生命裡。

全文完

後記

初次見面！我是人如筆名一樣怪的超棒眼。

我必須要說，《願成青鳥伴你飛翔》這個故事能夠以實體書的方式與大家見面真的是件始料未及且令人幸福得無以復加的事！就連敲下「後記」這兩個字的時候，對於這樣子的幸運我還是沒有一絲實感。

這個故事從完稿到出版歷時了將近一年的時間。如果是老讀者的話應該能夠發現，不只是書名，在情節的處理及安排上我都做了不少更動，畢竟作為我的第一部作品，《願成青鳥伴你飛翔》不論是用字遣詞還是架構都還顯得太過青澀。

可無論經歷了多少次修改，這個故事的初衷始終沒有一絲改變。

溫柔且看似游刃有餘，實際上卻脆弱無比的少年；善妒且總仰賴被人推著向前，最終學會了勇敢的少女，兩個帶傷的靈魂在迷失於黑夜裡時與對方相遇，成為了彼此夜空中最亮的星。

《願成青鳥伴你飛翔》想說的很簡單，其實就是個關於幸福的故事。

青鳥終將飛去，可我們都有能夠再次飛翔的力量；即便被現實傷得再深，只要你我願意試著邁開腳步，一定能越走越快、越走越遠。

那怕生活充滿了各種鳥事，也請不要忘記對幸福的追求。

聽起來或許很像心靈雞湯，但算是我這幾年來的一些小小體悟吧（笑）。

因為我是個很少女心的人，所以《願成青鳥伴你飛翔》充滿了各種少女心元素——天臺、日劇跑，諸如此類的不勝枚舉，可話雖如此，在結尾的處理上我卻又任性地選擇了另一種方式——沒有華麗的詞藻、沒有從此以後過著幸福快樂的生活，許多事情甚至還都是帶有懸念的。

儀程走出來了嗎？苡孟的阿嬤會不會好起來？子晴那句「我沒妳想像中完美」是什麼意思？尹修的

感情又將走向何方？

你說你不知道？真巧，我也不知道。

不是沒猶豫過要不要改寫個更為圓滿的結尾，可比起Happy ending，最終我還是決定只賦予他們Happy beginning——在角色們願意試著邁開腳步後，剩下的故事就由他們自己發展了。也許他們會就此幸福，又也許不會，可即便是後者，相信他們也都能在一路跌跌撞撞後逐漸摸索出名為幸福的形狀。

現實不就是這樣嗎？

青鳥終將飛去，而你終能飛翔。

願每個追求幸福的人都能被世界溫柔以待。

謝謝經手這本書出版的每一個人，謝謝要有光出版社賦予我將作品付梓出版的寶貴機會，謝謝昕平編輯在這段過程中每一次的悉心指導與協助。謝謝愛我的家人、支持我的朋友及讀者們。當然，也謝謝現在正拿著這本書閱讀的你們。

因為有你們，這趟旅程才得以完整。

由衷希望你們能喜歡並享受這個故事。

那麼，有機會的話我們下個故事見啦！

超棒眼　初夏筆於家中客廳

要青春35　PG1976

要有光 FIAT LUX

願成青鳥伴你飛翔

作　　者　超棒眼
責任編輯　林昕平
圖文排版　周好靜
封面設計　楊廣榕

出版策劃　要有光
發 行 人　宋政坤
法律顧問　毛國樑　律師
印製發行　秀威資訊科技股份有限公司
114台北市內湖區瑞光路76巷65號1樓
電話：+886-2-2796-3638　傳真：+886-2-2796-1377
http://www.showwe.com.tw
劃撥帳號　19563868　戶名：秀威資訊科技股份有限公司
讀者服務信箱：service@showwe.com.tw
展售門市　國家書店（松江門市）
104台北市中山區松江路209號1樓
電話：+886-2-2518-0207　傳真：+886-2-2518-0778
網路訂購　秀威網路書店：https://store.showwe.tw
國家網路書店：https://www.govbooks.com.tw
總 經 銷　聯合發行股份有限公司
231新北市新店區寶橋路235巷6弄6號4F
電話：+886-2-2917-8022　傳真：+886-2-2915-6275

出版日期　2018年8月　BOD一版
定　　價　330元

Printed in Taiwan

國家圖書館出版品預行編目

願成青鳥伴你飛翔 / 超棒眼著. -- 一版. -- 臺北
市 : 要有光, 2018.08
面； 公分. -- (要青春 ; 35)
BOD版
ISBN 978-986-96321-8-8(平裝)

857.7 107010468

讀者回函卡

感謝您購買本書，為提升服務品質，請填妥以下資料，將讀者回函卡直接寄回或傳真本公司，收到您的寶貴意見後，我們會收藏記錄及檢討，謝謝！如您需要了解本公司最新出版書目、購書優惠或企劃活動，歡迎您上網查詢或下載相關資料：http:// www.showwe.com.tw

您購買的書名：________________________________

出生日期：________年________月________日

學歷：□高中（含）以下　□大專　□研究所（含）以上

職業：□製造業　□金融業　□資訊業　□軍警　□傳播業　□自由業

　　　□服務業　□公務員　□教職　□學生　□家管　□其它____

購書地點：□網路書店　□實體書店　□書展　□郵購　□贈閱　□其他

您從何得知本書的消息？

□網路書店　□實體書店　□網路搜尋　□電子報　□書訊　□雜誌

□傳播媒體　□親友推薦　□網站推薦　□部落格　□其他________

您對本書的評價：（請填代號　1.非常滿意　2.滿意　3.尚可　4.再改進）

封面設計____　版面編排____　內容____　文／譯筆____　價格____

讀完書後您覺得：

□很有收穫　□有收穫　□收穫不多　□沒收穫

對我們的建議：________________________________

____

____

____

請貼
郵票

11466
台北市內湖區瑞光路 76 巷 65 號 1 樓

秀威資訊科技股份有限公司 收

BOD 數位出版事業部

....

（請沿線對折寄回，謝謝！）

姓　　名：________________　年齡：________　性別：□女　□男

郵遞區號：□□□□□

地　　址：____

聯絡電話：(日) ________________　(夜) ________________

E-mail：____